पेंगुइन स्वदेश

कच्ची सड़क

अमृता प्रीतम पंजाबी के सबसे लोकप्रिय लेखकों में से एक हैं। अमृता प्रीतम का जन्म 1919 में गुजरांवाला पंजाब (भारत) में हुआ। उनका बचपन लाहौर में बीता और शिक्षा भी वहीं हुई। किशोरावस्था से उन्होंने लिखना शुरू किया। उन्होंने सौ से अधिक कविताओं की पुस्तकें लिखीं, साथ ही फिक्शन, बायोग्राफी, आलेख और आटोबायोग्राफी लिखकर साहित्य में नया मुकाम हासिल किया। इनकी तमाम पुस्तकों का कई भारतीय भाषाओं सहित विदेशी भाषाओं में भी अनुवाद हुआ। अमृता प्रीतम पहली महिला लेखिका हैं, जिन्हें 1956 में साहित्य अकादमी पुरस्कार मिला। 1982 में उन्हें *काग़ज़ ते कैनवास* के लिए ज्ञानपीठ पुरस्कार मिला। 2004 में पद्मविभूषण भी प्रदान किया गया।

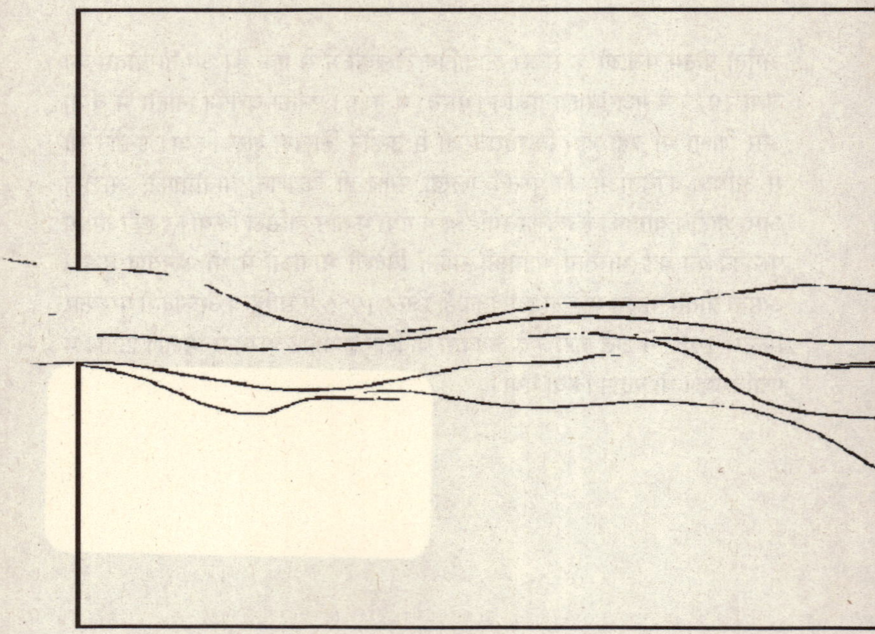

कच्ची सड़क
उठती जवानी में किस तरह
एक कंपन किसी के अहसास में
उतर जाता है
कि पैरों तले से विश्वास की ज़मीन
ख़ो जाती है–
यही बहक गए बरसों के धागे इस
कहानी में लिपटते भी हैं,
मन-बदन को सालते भी हैं,
और हाथ की पकड़ में आते भी हैं–

कच्ची सड़क

अमृता प्रीतम

पेंगुइन स्वदेश
पेंगुइन रैंडम हाउस इंप्रिंट

पेंगुइन स्वदेश

यूएसए। कनाडा। यूके। आयरलैंड। ऑस्ट्रेलिया। सिंगापुर
न्यू ज़ीलैंड। भारत। दक्षिण अफ़्रीका। चीन

पेंगुइन स्वदेश, पेंगुइन रैंडम हाउस ग्रुप ऑफ़ कंपनीज़ का हिस्सा है,
जिसका पता global.penguinrandomhouse.com पर मिलेगा

पेंगुइन रैंडम हाउस इंडिया प्रा. लि.,
चौथी मंज़िल, कैपिटल टावर-1, एम जी रोड,
गुरुग्राम 122 002, हरियाणा, भारत

पेंगुइन
रैंडम हाउस
इंडिया

प्रथम हिन्दी संस्करण हिन्द पॉकेट बुक्स द्वारा 1997 में प्रकाशित
प्रस्तुत हिंदी संस्करण पेंगुइन स्वदेश में पेंगुइन रैंडम हाउस द्वारा 2026 में प्रकाशित

10 9 8 7 6 5 4 3 2

ISBN 9789353497132

मुद्रकः रेप्रो इंडिया लिमिटेड

www.penguin.co.in

FSC www.fsc.org MIX Paper from responsible sources FSC® C047271

This is a legitimate digitally printed version of the book and therefore might not have certain extra finishing on the cover.

कच्ची सड़क

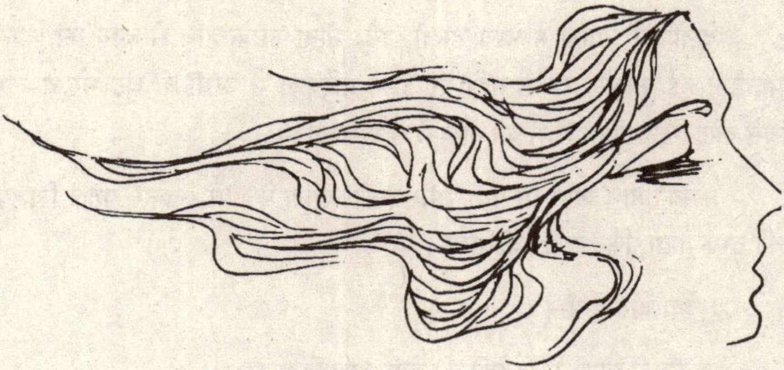

ऐसे–जैसे कोई खिड़की के शीशे को नाखूनों से खुरचता हो...

मीना हाथ में ली हुई किताब को पढ़ती-सी इस वक्त कमरे में अकेली थी, पर उसका ध्यान किताब में नहीं था, शायद कमरे में भी नहीं था–उसने चौंककर कमरे की ओर, दरवाज़े की ओर, और फिर खिड़की की ओर देखा।

उसे लगा–अभी खिड़की के शीशे के आगे एक बांह-सी हिली थी, फिर परे हो गई थी।

उसका दिल ज़ोर से धड़का, और वह कमरे में से दौड़ती-सी बाहर वहां रसोई में चली गई, जहां दलीप उसके लिए चाय बना रहा था।

दलीप चाय की केतली को ट्रे में रखता हुआ कहने लगा–लो मालकिन, चाय तैयार है।

मीना उखड़े हुए सांसों से भी हंस-सी दी–मेहमान को फ्रेंच में मालकिन कहते हैं?

दलीप हंसता-सा कहने लगा–फ्रेंच पढ़ते-पढ़ते अगर कोई मेहमान से मालकिन बन जाए, तो...?

मीना ने प्याले और चमचे भी ट्रे में रख दिए, और दलीप ने ट्रे उठा ली।

कमरे की मेज़ पर ट्रे रखते हुए दलीप ने देखा–मीना कुछ घबराकर खिड़की की तरफ देख रही है।

दलीप ने प्यालों में चाय डाली, और मीना उसके हाथ से चाय का प्याला पकड़ती हुई कुरसी पर बैठ गई। पर उसने मुश्किल से अभी दो घूंट भरे थे–लगा जैसे कोई खिड़की के शीशे को नाखूनों से खुरचता हो...

उसका हाथ कांप-सा गया, और उसने प्याला मेज़ पर रखकर, पहले खिड़की की तरफ देखा, फिर दलीप की तरफ।

–क्या बात है मीनू?

जवाब में मीना ने खिड़की की तरफ हाथ किया।

दलीप ने उठकर खिड़की के पास जाकर बाहर की ओर देखा, फिर मीना की तरफ लौटता हुआ कहने लगा–वहां तो कुछ भी नहीं।

–कोई था।

–कहां? कब?

–अभी जब मैं यहां अकेली बैठी हुई थी।

–कौन था?

–किसी की बांह-सी थी, फिर परे हो गई।

दलीप हंसने लगा, और खिड़की के पास जाकर खिड़की को ज़रा-सा खोलकर, उसमें से अपनी बांह को बाहर निकालकर, उसने बुगनवेलिया की बेल को हाथ से इधर खिड़की के आगे करते हुए कहा–हवा से इसकी टहनी कभी ऐसे हिलती है जैसे कोई खिड़की के आगे बांह हिला रहा हो।

बुगनवेलिया के लाल और सिलकी रंग के फूल सचमुच किसी की छोटी-छोटी उंगलियों की तरह हिल रहे थे।

–नहीं, शीशे को कोई नाखूनों से खुरच रहा था...

–बेल के कांटे शीशे से रगड़ते हैं...

दलीप ने हाथ में पकड़ी हुई टहनी को छोड़ दिया। वह खिड़की के शीशे के साथ घिसटती हुई जब परे हुई, तब मीना को यकीन-सा आ गया कि पहले भी बिलकुल यही आवाज़ आई थी।

वह कच्ची-सी होकर हंस पड़ी। कहने लगी–मेरा सचमुच आजकल दिमाग खराब हो गया है।

दलीप ने कुछ चिंतित-सा होकर पूछा–तू आज भी साइकल पर आई है?

मीना ने 'हां' में सिर हिलाया।

दलीप ने कुछ गुस्से से कहा–मैंने कल भी तुझसे कहा था कि साइकल पर मत आना, बस से आ जाना। मैं वापसी पर तुझे मोटरसाइकल पर छोड़ आऊंगा।

मीना कुछ परेशान-सी दलीप की ओर देखने लगी।

दलीप ने पूछा–आज किस रास्ते से आई थी? पुल की तरफ से?

–नहीं, रेलवे लाइन की तरफ से।

–फिर आज तो रास्ते में वह कार वाला नहीं होगा!

–सारे रास्ते नहीं था, पर जहां रिंग रोड मिलती है, वहां वह खड़ा था।

और साथ ही मीना हंस-सी दी–यह भी शायद मेरा भुलावा हो, उसने मुझसे कभी कुछ नहीं कहा। रोज़ वही गाड़ी देखती हूं, रास्ते में किसी-न-किसी जगह, कभी मेरे पीछे आती, कभी किसी जगह खड़ी हुई। शायद वैसे ही डर गई हूं।

दलीप हंसने लगा–तू आजकल कोई सस्पेंस नॉवल तो नहीं पढ़ रही?

–नानसेंस।–और मीना घड़ी की ओर देखते हुए कहने लगी–छः बजने वाले हैं, उठो, क्लास का वक्त हो गया है।

मीना का घर निज़ामुद्दीन में था। वह रोज़ साउथ एक्सटेंशन फ्रेंच पढ़ने आती थी। कालेज की पढ़ाई खत्म करके वह फ्रेंच का कोर्स करने लगी थी। दलीप

कालकाजी के कालेज में पढ़ाता था। पर उसका घर यहां साउथ एक्सटेंशन में था–जहां फ्रेंच की क्लासें होती थीं, वहां से बिलकुल पास। और वह भी शाम के खाली वक्त में फ्रेंच का कोर्स करने लगा था। उनका यही परिचय उनकी दोस्ती बन गया था–शायद ऐसी दोस्ती, जो उम्र का साथ भी बन सकती थी।

मीना कभी-कभी आध घंटा पहले आ जाती थी, पहले दलीप के पास, और फिर दोनों चाय का प्याला पीकर फ्रेंच की क्लास के लिए इकट्ठे चले जाते थे।

आज भी रोज़ की तरह छः से साढ़े सात बजे तक दोनों ने क्लास अटेंड की, पर मीना ने जब घर जाने के लिए अपनी साइकल उठाई, दलीप ने उससे कहा–साइकल यहीं रहने दे, मैं तुझे मोटरसाइकल पर छोड़ आता हूं।

–नहीं, सुबह छोटे भाई को साइकल की ज़रूरत होती है।–मीना नहीं मानी।

–अच्छा, फिर पुल की ओर से मत जाना। इस वक्त वह रास्ता बड़ा सूना-सूना होता है।

–वैसे भी वह रास्ता लंबा पड़ता है, मैं इधर रेलवे लाइन की तरफ से जाऊंगी। यहां हर समय रौनक रहती है। यहां कोई डर नहीं।

रिंग रोड से मुड़ने वाली सड़क तक दलीप उसके साथ गया। दूर, जहां तक अंदर की सड़क दिखती थी, देखा, और फिर मीना से कहने लगा–कोई हाथ का इशारा करे या रोके तो साइकल से मत उतरना।

–मेरा डर अब तुम्हें लगने लगा है?–मीना ने हंसकर कहा और साइकल पर चढ़ने लगी।

दलीप ने जल्दी से पूछा–उस कार का रंग क्या है?

–काला।

–और नम्बर?

–वह तो मैंने कभी देखा ही नहीं।

–उसमें कैसा आदमी होता है?

–पतला-सा, काला-सा। वह हमेशा गॉगल्स लगाए होता है।

–अकेला होता है?

–हमेशा अकेला।

दलीप ने साइकल के हैंडल पर से हाथ उठाया, फिर पूछा–उसने कभी कोई इशारा किया है?

–नहीं, ऐसा लगता है कि वह मेरी ओर ताकता रहता है। पर वह गॉगल्स लगाए होता है, मुझे आंखें नहीं दिखतीं, शायद यूं ही लगता है।

और मीना ने 'ओ. के.' कहते हुए साइकल चला दी।

सड़क पर दूर, जहां तक नज़र जाती थी–कहीं कोई काले रंग की कार नहीं थी। दलीप कुछ देर वहां खड़ा रहा, फिर अपने घर की ओर लौट पड़ा।

मीना वह सड़क लांघ गई, अगली भी, और फिर रेलवे लाइन वाली जगह आ गई। फाटक बंद था, वहां कितनी ही कारें, स्कूटर और साइकलें रुकी हुई फाटक के खुलने का इंतज़ार कर रही थीं। मीना भी साइकल से उतरकर उस भीड़ में खड़ी हो गई।

साइकल वाले ऊबकर कभी-कभी साइकल की घंटी बजा देते–जैसे बंद फाटक को आगे रास्ते से हटने के लिए कह रहे हों।

एक स्कूटर वाला कह रहा था–पांच बरस हो गए हैं सुनते हुए कि यहां पुल बनेगा...

और एक साइकल वाला जवाब दे रहा था–जनाब! यह बात तो उन्होंने इलेक्शनों के वक्त कही थी, अब फिर इलेक्शनों के वक्त कह देंगे...

एक और साइकल वाला कह रहा था–नहीं, अब वे इलेक्शनों के वक्त कागज़ पर इसका नक्शा बनाएंगे और फिर उससे अगले इलेक्शनों में नींव खुदवाएंगे।

मीना को भी सबकी हंसी के साथ कुछ हंसी-सी आ गई, पर इसी वक्त दूर

से आती हुई गाड़ी की आवाज़ सुनाई दी, और सबका ध्यान गाड़ी की तरफ हो गया कि इस वक्त यहां से गुज़रने वाली गाड़ी सवारी गाड़ी थी या कि माल गाड़ी। माल गाड़ी अक्सर बड़ी लम्बी होती थी और बहुत धीमी चाल से गुज़रती थी।

–मिस शर्मा!

मीना को कंधे के पास एक लड़की की धीमी-सी आवाज़ सुनाई दी। उसके एक तरफ खड़ी, उसी की उम्र की एक लड़की उसकी ओर देखते हुए कह रही थी–मिस मीना शर्मा! भीड़ से ज़रा-सा इधर आ जाओ। मुझे तुमसे एक बात करनी है।

मीना ने हैरान-सी होकर उसके मुंह की ओर देखा–क्या बात है?

गाड़ी अब लाइन पर से गुज़र रही थी, और उसकी आवाज़ में किसी पास खड़े हुए की भी आवाज़ सुनाई नहीं दे रही थी। खड़ी कार वालों ने कारों की चाबियां घुमा ली थीं, और चाहे अभी कारें वहीं की वहीं खड़ी हुई थीं, पर उनके इंजनों की आवाज़ सड़क पर फैल गई थी।

वह अजनबी लड़की कुछ कह रही थी–पर मीना को सिर्फ उसके हिलते होंठ नज़र आ रहे थे, आवाज़ सुनाई नहीं दे रही थी।

उस लड़की ने एक दोस्ताना-सी अदा से मीना की साइकल का हैंडल हाथ से पकड़कर ज़रा-सा परे चलने का इशारा किया–जहां भीड़ कम थी।

मीना ने साइकल नहीं मोड़ी, पर वह गौर से उस लड़की के मुंह की ओर देख रही थी! लड़की चुस्त और पढ़ी-लिखी लग रही थी–किसी हद तक खूबसूरत भी।

मीना को बिलकुल याद नहीं आया कि उसने पहले भी कभी उसे देखा हो, पर वह एक परिचित की तरह अब उसे मिस मीना शर्मा के बजाय मीनाजी कहकर बुला रही थी।

गेट शायद खुलने वाला था–गाड़ी की आवाज़ अब परे जा रही थी, पर मोटरों और स्कूटरों की आवाज़ और ऊंची हो गई थी। कुछ गाड़ियां अपनी जगह से चल

पड़ी थीं–और पीछे खड़ी साइकलें भी बाढ़ के पानी की तरह आगे बढ़ने लगी थीं–मीना को पीठ की तरफ से धक्का-सा लगा, और वह साइकल को संभालती, साइकल पर चढ़ने के लिए एक तरफ हो गई।

उस अजनबी लड़की ने साइकल के हैंडल को कसकर पकड़ लिया–मीनाजी, एक मिनट मेरी बात सुन लीजिए।

मीना ने कुछ खीझकर उस लड़की की ओर देखा और कहा–तुम मेरे घर आ जाना, मैं यहां नज़दीक ही निज़ामुद्दीन में रहती हूं।

लफ्ज़ मुंह से निकल गए, पर मीना को लगा कि उसे यह नहीं बताना चाहिए था कि उसका घर कहां है।

पर मीना का यह पछतावा, पछतावा न रहा, वह लड़की कह रही थी–मुझे पता है, घर का नम्बर भी पता है–सी-बाईस, पर बाद में तुम कहोगी कि मुझे तुम्हारे घर आकर यह बात नहीं बतानी चाहिए थी।

–नानसेंस।–मीना के मुंह से गुस्से में निकला और वह लड़की का हाथ हैंडल से परे करती हुई कहने लगी–अच्छा, वहां आ जाना जहां मैं पढ़ने जाती हूं।

–नहीं, वहां भी नहीं, और प्रोफेसर दलीप के घर भी नहीं।–लड़की ने जल्दी से कहा।

मीना कुछ हैरान-सी उसके मुंह की ओर देखती रह गई। वह कह रही थी–मुझे पता है तुम रोज़ फ्रेंच पढ़ने जाती हो। मिस्टर दलीप के घर भी जाती हो। पर फिर बाद में तुम कहोगी कि मुझे यह बात किसी के सामने नहीं करनी चाहिए थी।

–क्या बात है?–मीना ने खीझकर पूछा।

–बात बड़ी दर्दनाक है...किस तरह बताऊं? यहां सड़क पर ही बता दूं?

फाटक खुल चुका था। बहुत-सी कारें और स्कूटर गुज़र चुके थे–इधर की सड़क खाली होती जा रही थी, पर अभी दूसरी ओर ट्रैफिक रुका हुआ था, जिसे अभी इसी सड़क पर से गुज़रना था–सो सड़क अभी वीरान नहीं थी। मीना ने जल्दी

से पूछा–हां बताओ, जल्दी।

उस अजनबी लड़की ने कहा–तुम्हारे पिताजी का नाम मिस्टर हरबंसलाल शर्मा है ना?

–हां, फिर?

–पर वह तुम्हारे असली पिता नहीं, असली पिता मिस्टर डी. आर. मलिक हैं। ...और वह बहुत बीमार हैं, तुमसे एक बार मिलना चाहते हैं...

–नानसेंस!–मीना के मुंह से जल्दी से निकला और उसने साइकल के पैडल पर पैर रखते हुए उस लड़की से कहा–न मैं तुझे जानती हूं, न किसी डी. आर. मलिक को।

उस लड़की ने फिर जल्दी से हैंडल पर हाथ रखते हुए कहा–मेरा नाम सोफिया है, मैं उनकी सेक्रेटरी हूं। तुम किसी बहाने से अपनी मां से पूछना कि मिस्टर डी. आर. मलिक...मेरा मतलब है, मिस्टर देसराज मलिक को वह जानती थीं?...

मीना उसके हाथ को फिर साइकल के हैंडल से परे कर रही थी कि सोफिया ने जल्दी से कहा–वह बहुत बीमार हैं, एक बार अपनी बेटी को देखना चाहते हैं...इस वक्त यहां अशोका होटल में आए हुए हैं–वैसे बम्बई में रहते हैं...

मीना ने देखा–अचानक एक कार उसके एक ओर आकर खड़ी हो गई थी। और फिर चौंककर देखा–वही काले रंग की कार थी, और वही पतला-सा काला-सा आदमी ड्राइव कर रहा था।

लड़की ने कार की ओर देखा, कहा–यह बेचारा ड्राइवर छः-सात दिन से तुम्हें यही बताने के लिए तुम्हारे पीछे फिर रहा है...

मीना को घबराहट भी हुई, हैरानी भी, पर देखा–उस लड़की ने साइकल का हैंडल छोड़ दिया था, और परे कार की ओर जाती हुई कह रही थी–मीनाजी! तुम घबराओ नहीं। अच्छी तरह सोच लो, फिर तुम्हारा जी करे तो कल अशोका होटल आ जाना। आखिर वह तुम्हारे पिता हैं...पता नहीं कितने दिन और जिएंगे...

और वह लड़की परे जाकर कार में बैठ गई। पर ड्राइवर कार में से उतरा, उसने मीना के आगे हाथ जोड़े, कहा–मेरा नाम राबर्ट है।–और फिर अदब से मीना के आगे सर झुकाया और कार में बैठकर कार चला दी।

कार चली गई। मीना साइकल को चलाती साइकल के हैंडल की ओर ऐसे ताक रही थी–जैसे उसके दोनों हाथों से वह फिसल रहा हो...

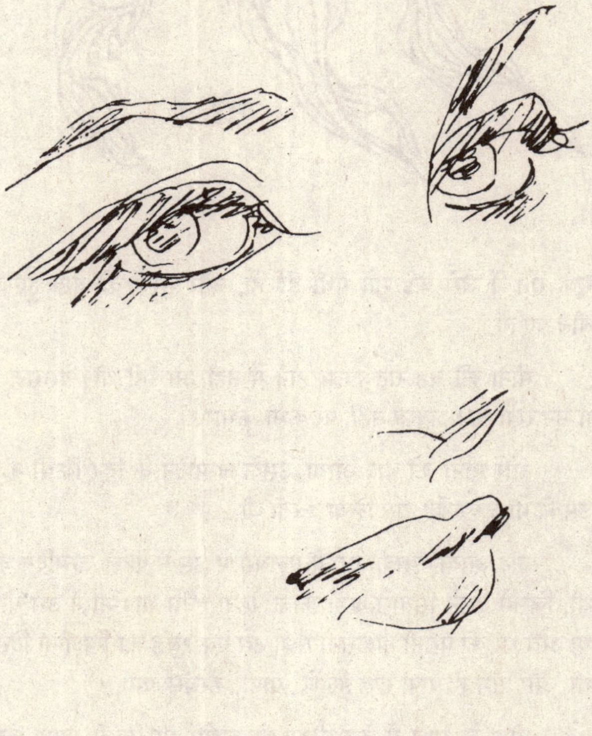

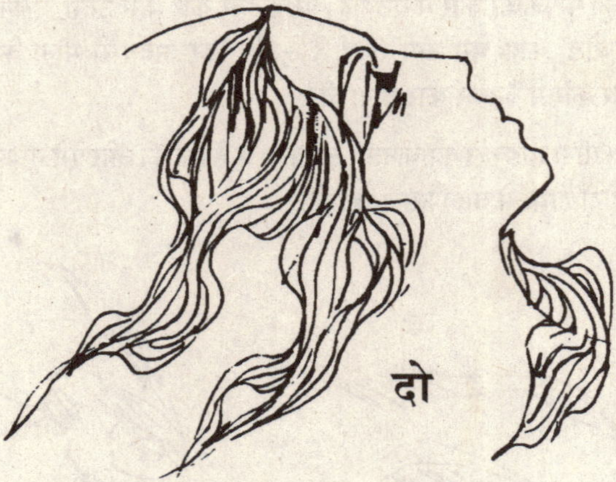

दो

एक रात में जैसे कई रातें गुथी हुई हों, और सूरज को देखे हुए जैसे कई बरस बीत गए हों...

मीना की यह रात खत्म होने में नहीं आ रही थी। देसराज नाम उसने घर में सुन रखा था। अक्सर नहीं, पर कभी-कभार।

और मीना को याद आया—उसके जन्मदिन के दिन किसी-न-किसी बात पर उसकी मां ज़रूर यह नाम लिया करती थी...

याद आया—उसकी पुरानी एलबम में उसके पहले जन्मदिन की एक तसवीर थी, जिसमें उसने सितारों-जड़ा फ्राक पहना हुआ था। मां ने उसे गोद में उठा रखा था और घर की पुरानी नौकरानी राधा उसे एक रबड़ का खिलौना दिखाकर हंसा रही थी, और पास ही पापा खड़े हुए थे...पापा...हरबंस शर्मा...

मीना के माथे में तेज़ पीड़ा की लकीरें-सी खिंची—पापा...देसराज...पर वह कहां थे?...तसवीर में क्यों नहीं?...

वह फ्राक?—मीना को याद था कि उसे वह तसवीर दिखाते हुए मां ने कहा था कि यह फ्राक तेरे देसराज मामाजी ने बनवाया था...

देसराज मामाजी...यह लफ़्ज़ 'मामाजी' मीना के माथे की नाड़ी की तरह

उभरकर दुखने लगा...

मां ने किस खयाल से यह लफ़्ज़ उनके नाम के साथ जोड़ दिया? और मीना ने होंठों को भींचकर एक बार कहना चाहा–देसराज पापाजी...पर दोनों लफ़्ज़ 'मामाजी' और 'पिताजी' उसकी कनपटियों की तरह दुखने लगे।

पता नहीं–कब नींद आई, कितनी-सी, मीना की आंखें खुली तो सूरज ऊंचा चढ़ आया था।

उठकर रसोई में गई। मां ने उसे देखकर चूल्हे पर चाय का पानी रखते हुए कहा–आज तुझे क्या हुआ है? मैंने तुझे कितनी आवाज़ें दी, तू तो घोड़े बेचकर सो गई थी...

मीना के मन में आया–मैं तो घोड़े बेचकर सोई थी या खरीदकर, पर मां तुमने कैसे घोड़े बेचे थे कि सारी उम्र तुम्हें किसी का ध्यान ही न रहा...

मां ने उसे चुप देखकर कहा–रात बहुत देर तक पढ़ती रही थी?

मीना ने इसका जवाब भी मन में दिया–हां, बड़ी देर तक किस्मत की लकीरें पढ़ती रही...

फिर मां के हाथ से चाय का प्याला पकड़ते हुए, बड़े गौर से मां के मुंह की ओर देखा, बोली–रात मुझे अजीब से सपने आते रहे...एक कोई आदमी था, मैंने कभी देखा नहीं, पर वह कह रहा था, मेरा नाम देसराज है...

मां के हाथ से चीनी का चम्मच गिर गया...

मीना हंस-सी दी–कोई बात नहीं, चीनी का क्या है, लोग कहते हैं, हाथ से नमक नहीं गिरना चाहिए–नहीं तो अगले जन्म में आंखों की पलकों से उठाना पड़ता है...

मां का ध्यान न गिरी हुई चीनी की ओर था, न नमक की बात की ओर, कहने लगी–हैं, सचमुच...उसने तुझसे क्या कहा...

मीना ने फीकी चाय का घूंट भरते हुए कहा–कुछ कहा था, पर अब याद

नहीं रहा...

मां कहने लगी–निगोड़ा ऐसा गया जैसे दीन-दुनिया से ही चला गया हो...

मीना कहने लगी–बड़ा ही लंबा सपना था, पर कुछ याद ही नहीं आ रहा है...

मीना ने देखा, मां का मन भर आया था, पूछने लगी–कुछ मेरे बारे में भी कह रहा था?

मीना ने 'नहीं' में सिर हिलाते हुए कहा–बस, इतना याद है, कहा था, मैं बड़ा बीमार हूं...

–हाय मैं मर गई!–मां के मुंह से निकला, तो मीना को लगा, उसको रोना आ जाएगा...

मां एक विलाप की तरह कह रही थी–तुझे पैदा होते ही उसने अपनी गोद में ले लिया था...अब बीस बरस बाद तेरे ही सपने में आया है...तुझसे तो पता नहीं उसका पिछले जन्म का क्या रिश्ता था!–मीना का मन भारी हो आया–पिछले जन्म का तो पता नहीं, पर इस जन्म का क्या बना...

फिर मन को संभालकर बोली–मां, तुमने मुझे वह जन्मदिन की तसवीर दिखाई थी न...

मां की आंखें नम थीं। कहने लगी–निरी तसवीर काहे की, मैंने तो वह सितारों-जड़ा फ्राक भी अभी तक संभालकर रखा हुआ है–उसकी निशानी...

मीना से और न झेला गया। उठकर अपने कमरे में चली गई। कमरे की कंडी अंदर से बंद करके वह अपनी चारपाई पर बैठकर ऐसे रोने लगी–जैसे मां के हिस्से का रोना भी उसकी आंखों में भरा हुआ हो।

फिर लगा, कोई दरवाजे को खटखटा रहा था, शायद मां थी। मीना ने उठकर गुसलखाने में अच्छी तरह मुंह धोया, फिर दरवाज़ा खोला।

राधा घर की नौकरानी थी, पर इतनी पुरानी कि मीना और मीना का भाई उसे

राधा चाची कहते थे। वह चाय का प्याला लिए खड़ी थी।

–राधा चाची, मैं तो अभी चाय पीकर आई हूं। फिर क्यों बना दी?

–तेरी मां कह रही है, उसके हाथ से चीनी गिर गई और तू फीकी चाय के घूंट भरकर ही आ गई...

मीना ने चाय का प्याला पकड़ लिया। पीछे लौटने लगी तो राधा चाची ने उसकी बांह टटोलते हुए कहा–बिटिया, तेरा तो बदन गर्म है...आंखें भी कैसी चढ़ी-चढ़ी-सी हो रही हैं...

–रात अच्छी तरह नींद नहीं आई थी...

मीना दरवाज़ा बंद करने लगी तो देखा, मां उसके कमरे की ओर आते हुए बड़ी चिंतित-सी कह रही थी–यह सपना तुझे किस वक्त आया? सुबह-सवेरे आया था या आधी रात को?

मीना को कोई जवाब नहीं सूझ रहा था। लगता था, मां खुद ही कह रही है और खुद ही सुन रही है–सुबह-सवेरे का सपना अच्छा नहीं होता...

मां कमरे में आ गई तो उसके पीछे राधा चाची भी आई, बोली–यूं ही वहम न कर, सुबह-सवेरे के सपने सच्चे नहीं होते...

मां मीना की खटिया पर बैठते हुए राधा चाची से कहने लगी–है री राधा! बीस बरसों बाद उसने लड़की को झलक दिखा दी–पर कहती है, वह बीमार था... क्या पता वह सचमुच बीमार हो...

मीना को लगा, जो कुछ भी था, राधा चाची से छुपा नहीं था। मां कितनी निर्भीकता से उससे बातें कर रही थी। और मीना को राधा पर गुस्सा-सा आ गया।

गुस्से का कोई कारण नहीं था। अगर राधा को सब कुछ पता था तो इसमें राधा का कोई कसूर नहीं था। पर उसे यह पता होना मीना को अच्छा नहीं लगा। उसने कुछ खीझकर राधा की ओर देखा।

राधा मानों अपने से ही कह रही थी–सवेरे का सपना उलटा होता है,

मेरी तो आज सुबह बाईं आंख फड़क रही थी, क्या पता निगोड़ा कहीं से आ ही टपके...

–काहे को–मां उतरे हुए मुंह से कह रही थी–बस, एक बार उसका मन टूट गया, फिर उसने पलटकर इस दरवाज़े की ओर देखा ही नहीं...

मीना नहीं चाहती थी, पर पूछ बैठी–वह पापा का दोस्त था ना?

–सगे भाइयों से भी ज़्यादा, एक-दूसरे के सांसों में घुले-से–मां ने कहा, तो राधा चाची भी बोल पड़ी–बस, लोगों की नज़र लग गई। मुझे तो जुड़वां भाई सरीखे लगते थे...

मीना ऐसी बातें राधा के सामने कहना नहीं चाहती थी, पर लगा कि ज़िंदगी में ऐसी कोई जगह नहीं थी जो राधा ने न देखी हो। इसलिए पूछा–फिर राधा चाची! हो क्या गया था?

–तुझे बताया जो है बिटिया, कि लोगों की नज़र खा गई। दोनों सुंदर जंचते। और एक यह तेरी परी जैसी मां...उस उम्र में तो इसकी ताब झेली नहीं जाती थी...बस, जहां जाएं तीनों...लोग दांतों तले उंगलियां दबा लेते थे...बस, लोगों ने ही तेरे बाप को उलटी पट्टी पढ़ा दी...

राधा कहे जा रही थी कि मीना के मन में आया, पूछे-बाप को या मां को? पर खामोश मां के मुंह की ओर देखने लगी।

मां अपने में खो-सी गई, कहने लगी–किस्मत की बात होती है राधा! नहीं तो लोगों के कहने पर कोई कुएं में छलांग मार देता है? जब तक दोनों मिलकर करते रहे–काम में भी बरकत थी...

मीना मां की बातों से कुछ व्यग्र-सा होकर पूछने लगी–पर कोई तो बात होगी ना...

–बात तो कोई भी नहीं थी–मां कहने लगी–मेरी पहली बरस-ग्रांट थी, वह बड़े चाव से तेरा सितारों-जड़ा फ्राक सिलवाकर लाया, उधर तेरी दादी ने भी शगुन के कपड़े भेजे। मैंने उसका लाया हुआ फ्राक तुझे पहना दिया तो तेरे बाप ने बुरा

मनाया। और वह बड़ा स्वाभिमानी था...फिर कभी दरवाज़े पर नहीं आया।

राधा चाची बड़े दुख से कहने लगी–उसने अपने हाथों मिठाइयां खरीदीं, मैं ही उठाकर लाई थी। कहता था, राधा, आज तुझे नया जोड़ा लेकर दूंगा, और खुद बिना खाए उठ गया...भला तेरी मां ने क्या बुरा किया? उसका दिल रखने के लिए जो कपड़ा लाया था–तुझे पहना दिया...

मीना को लगा–राधा चाची को या तो असली बात पता नहीं है, या उसने भी मां का रहस्य मां की तरह छुपाया हुआ है।

तीन

मीना ने एस्प्रो की गोली खाई, सोने की कोशिश की, पर बड़ी उखड़ती-सी नींद में खटिया पर पड़ी रही। सो नहीं सकी।

जी में आया, दलीप को फोन करे, वह इस वक्त कालेज में होगा। पर साथ ही मीना तड़प उठी–यह बात उसे कैसे बताऊंगी? यह मेरी नहीं मां की इज़्ज़त की बात है...

और मीना को लगा–उसकी ज़बान का एक टुकड़ा हमेशा के लिए गूंगा हो गया था...

फिर कानों में कोई शब्द चुभने लगे–'आखिर वह तुम्हारे पिता हैं, पता नहीं वह और कितने दिन जिएंगे...'

मीना के घर फ़ोन नहीं था, पर सोचा, वहां जाने से पहले अगर फ़ोन करूं?

खयाल आया, उसे कमरे का नम्बर तो पता नहीं था। न उसने पूछा था, न उस लड़की ने बताया था। पर साथ ही सोचा–उसकी ज़रूरत नहीं थी, सिर्फ नाम काफी था, होटल वाले सिर्फ नाम पर फोन मिला देंगे...

एक बार मन में आया–अगर मां को सारी बात बता दूं...जितने बरस बीत गए सो बीत गए...क्या पता वह भी एक घड़ी–आखिरी घड़ी...

और मीना ने अपनी जीभ दांतों तले दबा ली। नहीं, उससे यह नहीं हो सकता। यह बहुत मुश्किल है। मां शायद बिछोह को झेल सकती है, पर कोई शर्मिन्दगी ने झेली जाएगी...

पड़ोस में फ़ोन था। मीना कुछ बुखार से, पर ज्यादा अपने खयालों से, कांपती-सी पड़ोसी के घर चली गई।

डायरेक्टरी में होटल का नम्बर देखा, पर डायल करते वक्त हाथ रुक गए ...खयाल आया...जिसे उम्र के बीस बरस नहीं जाना, अब आज अचानक उसे कैसे जान पाऊंगी...

मन में एक उबाल-सा भी आया–उसे क्या हक था कि ऐसे अचानक मेरे मन का सुकून छीन लेता...

साथ ही यह भी खयाल आया–शायद किसी बीमारी ने उसके मन की शक्ति को तोड़ डाला हो...

उंगलियां शायद डायल पर घूमती रही थीं, मीना के कान फ़ोन के दूसरी तरफ से आती हुई आवाज़ से चौंक-से गए–अशोका होटल...

–प्लीज़ गेट मी मिस्टर देसराज मलिक–यह अपनी आवाज़ भी मीना को अजीब-सी लगी।

फिर एक खामोशी के बाद, एक लड़की की, शायद उसी सेक्रेटरी की आवाज़ के बाद, एक धीमी पर मर्दानी आवाज़ आई, और जवाब में जब मीना ने कहा–मैं... मीना–तो लगा जैसे ये दोनों लफ़्ज़ कहीं बहुत दूर से, बहुत परे से सुनाई दे रहे हों–उसके अपने होंठों में से नहीं।

दूसरी ओर की मर्दानी आवाज़, जो शायद बीमारी के कारण कमज़ोर-सी थी, एकाएक भर आई–मीना बेटी...मीना बेटी!

मीना को लगा–यह उस दुनिया की आवाज़ थी, जिसे वह जानती नहीं थी। यह अजनबी दुनिया उससे बहुत दूर थी...उससे बीस बरस दूर...कानून से भी दूर ...रिश्ते से भी दूर...पहचान से भी दूर...

यह पहला संबंध था जो एक पतले-से तार में से गुज़रकर कहीं परे जुड़ रहा था, और जो अभी एक झटके से तोड़ा जा सकता था–मीना यह सोचती हुई कुछ देर फ़ोन के माउथपीस की ओर देखती रही, फिर कानों में कुछ जलने-पिघलने लगा। आवाज़ आई–मीना बेटी...एक बार आ जा...एक बार...

–कब?

मीना का माथा गर्म भी था, पर सुन्न-सा भी। उसे अपनी आवाज़ भी ऐसे दूर से सुनाई दे रही थी, जैसे दूसरे की हो। उसने अपने-आपको कहते सुना–आज? ...नहीं...शायद कल...शायद आज...

फ़ोन करके मीना घर लौटी, पर खटिया पर लेटते हुए उसे लगा–अब उससे आज...खटिया पर से उठा नहीं जाएगा...

दोपहर को मीना ने फिर एक बार चाय पी, मां ने चिंतित होकर माथा छुआ, बदन पर पतली चादर की जगह कम्बल ओढ़ाया और राधा से कहने लगी–यह अचानक लड़की को हो क्या गया?...जैसे किसी झपेटे में आ गई हो...

राधा ने कम्बल में हाथ डालकर मीना के पांवों को छुआ, दबाया और तलवों को मसला, कहा–इसकी तो खैर है, थोड़ा-सा बुखार है–पर मुझे लगता है–उसे न कुछ...अभी मेरी दाईं आंख फड़क रही थी...

मां ने राधा के कंधे को ऐसे झिंझोड़ा, जैसे वह उस ओर की कोई खबर बताएगी। राधा कह रही थी–शरीर का क्या पता होता है, शायद उसने कोई आखिरी दर्शन–मेला करना हो...नहीं तो लड़की के सपने में क्यों दिखाई देता...

मीना के बदन में से एक जलती हुई-सी लकीर गुज़र गई, जी में आया, चीखकर कहे–मां, अगर तुम्हें अंतिम दर्शन करने हैं तो अभी...अभी जाओ, यहां से मुश्किल से दो-चार मील...

पर मीना के गले से निकलने वाली आवाज़ को उसके माथे में से निकलती एक और आवाज़ ने रोक लिया–पहले उन्होंने मुझे बुलाया है, मैं एक बार उन्हें देख लूं...फिर अगर वह कहेंगे...

अंग-अंग में थकी हुई मीना को नींद-सी आने लगी। मां की और राधा की कुछ मिली-जुली आवाज़ें उसके कानों में पड़ती रहीं–उनसे कहूं...कहीं से पता करें ...पर न पता न ठिकाना...लड़की में उसकी ममता थी...उस जैसे लोग आज के ज़माने में नहीं होते...

ये आवाज़ें कुछ देर तक टूटती-जुड़ती मीना के कानों में आती रहीं। फिर खत्म हो गईं। शायद उसे गहरी नींद आ गई थी। जब जागी–गहरी सांझ उतर आई थी...

मीना चौंककर उठी। उसे खयाल आया, दलीप उसके बारे में परेशान होगा, सोचता होगा, आज रास्ते में कोई बात न हो गई हो, और सोच-सोचकर उसे एक ही उपाय सूझा कि दलीप के घर तो फ़ोन नहीं था, पर जहां फ्रेंच की क्लास होती थी, वहां फ़ोन था, अगर वह वहां दलीप को फ़ोन कर दे...

उठी, मुंह धोया, पर कमरे से बाहर जाने लगी तो मां जल्दी से आई, उसकी बांह को छुआ और कहने लगी–अब तो बुखार नहीं लगता...

–मैं एक फ़ोन कर आऊं?

–कहां? जहां पढ़ने जाती है?

मीना ने 'हां' में सिर हिलाया तो मां ने कहा–वहां से कोई तुझे पूछने आया था, मैंने बता दिया, तुझे बुखार है। तुझे जगाने लगी थी, पर उसने कहा, रहने दो, बस, खबर ही लेनी थी...

मीना फिर खटिया पर लेटते हुए पसीने से भीग-सी गई। जी में आया–दौड़कर दलीप के पास जाए...सब कुछ बता दे...उसके पास बैठकर खूब रोए...और उसे साथ लेकर एक बार उस आदमी को देख आए जो उसका बदनसीब बाप...

इस आखिरी लफ़्ज़ 'बाप' से उसके खयाल अटक गए, जैसे सामने एक बड़ी-सी पत्थर की दीवार आ गई हो...

दूसरे दिन सुबह कोई ग्यारह बजे मीना ने मां को बताया कि अब वह

बिलकुल ठीक है, और उसे लाइब्रेरी जाना है।

लाइब्रेरी लफ़्ज़ को चाहे मीना ने मन में नया अर्थ दे दिया–'ज़िंदगी की एक बंद किताब को आज खोलकर देखूंगी।'–पर तो भी मीना ने मां के मुंह की तरफ नहीं देखा, उसे झूठ बोलने की आदत नहीं थी।

साइकल निकाली, पर समूचे बदन में एक झुरझुरी-सी दौड़ गई। साइकल वहीं रख दी। पैदल चली, और कुछ दूर जाकर मोड़ से एक स्कूटर ले लिया, कहा–अशोका होटल।

रेसकोर्स के मैदान में कुछ अंगरेज़ बच्चों को हंसते-खेलते देखा, खयाल आया...कि उसका अपना बचपन तो शायद कहीं बहुत ही उदास और रीता-सा था, पर याद करते हुए भी कोई खास तरह की उदासी और रीतापन याद न आया... वह हैरान-सी ऊंचे-ऊंचे पेड़ों वाली सड़क को देखती रही...

पत्थर की एक बहुत बड़ी इमारत में जाते हुए मीना का दिल इतना धड़कने लगा कि स्कूटर के खड़े हो जाने पर भी उतरा न गया। मन में आया, स्कूटर वाले को पैसे देने की बजाय कहे–चलो, वापस चलो।

अचानक देखा, राबर्ट स्कूटर वाले के पास आकर उसे पैसे दे रहा था...

मीना स्कूटर में से उतरी। राबर्ट हाथ जोड़कर और सिर झुकाकर मीना को नमस्कार-सा कर रहा था।

शीशों के बड़े-से दरवाजे में से लांघकर जब मीना ने भीतर के बहुत मोटे और गुदगुदे कालीन पर पांव रखा तो लगा, उसके पैरे नीचे धरती में, और धरती से भी नीचे जैसे पाताल में धंसते जा रहे हों...

रिसेप्शन से कमरे का नम्बर पूछने की ज़रूरत नहीं थी, राबर्ट उसके आगे-आगे चलता राह दिखा रहा था। लिफ्ट में जाते हुए–चाहे अंदर पूरी रोशनी थी–मीना को लगा, जैसे वह एक गुफा में से गुज़र रही हो...

लिफ्ट का दरवाज़ा खुला, सामने सजी हुई पर खाली बैठने की जगह थी, शायद मिलने वालों के लिए, इंतजार करने वालों के लिए। राबर्ट ने मीना से बैठने

के लिए कहा, और खुद बाईं ओर बने कमरों के आगे से गुज़रता हुआ परे किसी कमरे में इत्तला देने चला गया।

मीना सोफे के बाजू से लगकर उसी की लकड़ी की तरह सिकुड़कर बैठ गई। कुछ देर बाद वही परसों वाली अजनबी लड़की आई–सोफिया, जिसने आज काली स्लैक्स और नीले रंग का पतला-सा स्वेटर पहन रखा था। मीना को पहचानने में ज़रा दिक्कत हुई, पर उसकी परसों वाली नरम-सी आवाज़ ने जब उससे कहा– 'मीनाजी!' तो मीना पहचान गई।

वह मीना के पास बैठती हुई कहने लगी–तुम्हें मुबारक हो मीनाजी! तुम्हारे पापाजी की बीमारी कल से, जब से उन्होंने तुम्हारी आवाज़ सुनी है, जैसे पंख लगाकर उड़ गई है...बहुत ही फर्क पड़ गया है...

मीना को लगा–जैसे कल उसने उस बीमारी का हिस्सा बंटा लिया हो...

सोफिया उठकर, मीना को भी उठाती हुई बाएं हाथ की और कई कमरों को लांघती, एक कमरे के आगे खड़ी हो गई और हाथ से बंद दरवाजे को खोलकर मीना को अंदर जाने के लिए कह खुद बाहर ही खड़ी रह गई।

मीना दरवाज़े के पास जा ज़रा रुक गई...लगा, एक चोर दरवाज़े में से गुज़रकर वह किसी के घर में दाखिल हो रही थी–पता नहीं किसके घर..

पीछे सोफिया ने दरवाज़ा बंद कर दिया था। सामने शीशे की बड़ी-सी खिड़की थी, जिसके खुले हुए परदे में से आती धूप आंखों को चौंधिया रही थी। धूप की चमक से मीना की आंखों के आगे एक अंधेग–सा आ गया, पर आंखों को मूंदते और खोलते हुए उसने खिड़की में से नज़र हटाकर कमरे में देखा...

एक बड़े-से पलंग पर कोई लेटा हुआ था। मीना को देखकर, कोहनी के सहारे सिर को ऊपर उठाता हुआ कहने लगा–मीना, मेरी बेटी...

मीना कांपती-सी, जैसे उस आवाज़ का हाथ थामकर पलंग के पास चली गई ...पर आंखें भरी हुई-सी थीं–सामने मुंह अच्छी तरह दिखाई नहीं देता था–सिर्फ इतना लगा–एक हाथ उसके हाथ को पकड़कर अपने पास करता हुआ अपनी छाती

पर रख रहा था। फिर एक आवाज़ कानों में पड़ी—मीना!

मीना निढाल-सी पलंग की पट्टी पर बैठ गई...

पलंग पर से धीरे-धीरे एक आवाज़ ऊपर उठती और फिर पलंग पर गिर-सी पड़ती लगती थी—लगता था, तुझे देखे बिना ही मर जाऊंगा...कई बार सोचा था ...पर तू छोटी थी...तुझे कैसे बताता...क्या बताता...पर इस बार मेरी बीमारी ने मेरा हौसला तोड़ दिया...तू आ गई...मैं अब अच्छा हो जाऊंगा।

और उसने तकिये के नीचे से एक तसवीर निकालकर मीना को दिखाई, बोला—बस, इसे रोज़ देख भर लेता था...उस दिन मैं सुबह तुझे खिलाता रहा था ...उस दिन तेरा पहला जन्मदिन था...यह मैंने तेरा सितारों-जड़ा फ्राक बड़े शौक से खरीदा था...

मीना को यह सब कुछ पता था, वही जो मां ने बताया था, आंखें भर आईं। मुंह से धीरे से निकला—पापा!

—बस-बस, इसी आवाज़ को सुनने के लिए मैं जीवित था...

उसने पलंग के साथ लगे हुए एक बटन को दबाया और कुछ देर बाद अंदर आकर उसकी सेक्रेटरी पूछ रही थी—जी सर!—और वह कह रहा था—मेरी बेटी के लिए चाय ले आओ।...नहीं, चाय नहीं...ऐपिल जूस...

—नहीं, कुछ नहीं...

पर मीना की आवाज़ उसकी आवाज़ से दब-सी गई थी। वह कह रहा था—मैं अपनी बेटी को कुछ भी नहीं दे सका, कुछ भी नहीं...बस, मुझे एक ही इकरार दो मीना! कि कभी-कभी जब मैं दिल्ली आऊं...तुम्हें बुलाऊं...तो तुम आ जाओगी?—उसने मानो अनुनय से कहा।

मीना ने धीरे से सिर हिलाकर 'हां' की। उसने फिर, कुछ सांस-सा रोककर, कहा—दम्मो का क्या हाल है?

मीना के पैरों तक एक कंपकंपी उतर गई। उसकी मां का नाम दमयन्ती था, और उसके वह पापा भी उसको कई बार दम्मो कहकर आवाज़ दिया करते थे...

–ठीक है।–मीना ने धीमे से अपने होंठ को काटते हुए कहा।

–पर मुझसे इकरार करो–उसने मीना का हाथ अपने हाथ में लेते हुए कहा–मां से कुछ न कहना। मैं...मैं उसकी बीती हुई ज़िंदगी का प्रेत हूं...

मां की कल की हालत, मीना का जी किया, बता दे। पर लगा, अपने मुंह से मां की बात नहीं की जा सकेगी।

बैरा दो गिलास ऐपिल जूस एक ट्रे में रखकर ले आया था। पलंग के पास छोटी मेज़ पर रखवाते हुए, सोफिया ने बिल पर दस्तखत किए, और एक गिलास मीना को देकर, दूसरा पलंग के पास खड़े होकर आगे करते हुए कहा–सर! आप भी ले लें। इसमें कोई हर्ज नहीं। मैंने डॉक्टर से पूछ लिया है।

सोफिया के जाने के बाद उसने मीना से कहा–बहुत अच्छी लड़की है, मेरा बड़ा ध्यान रखती है...बहुत ट्रेवेल करना पड़ता है, हमेशा मेरे साथ रहती है...

और अचानक मीना से पूछा–वह प्रोफेसर दलीप अच्छा लड़का है न?

मीना ने कुछ हैरानी से सामने देखा, फिर कहा–हां।

–तुम उसके साथ ब्याह करना चाहोगी?

मीना ने सिर झुका-सा लिया।

–कब?

–अभी पता नहीं।

वह कुछ देर चुप रहा, सोचता रहा, फिर कहने लगा–सामने अंगीठी पर एक दवाई की शीशी रखी है, मुझे उसमें से एक गोली दे दो।

मीना ने उठकर सामने अंगीठी पर से दवा की एक शीशी उठाई–वहां एक ही शीशी थी इसलिए पूछने की ज़रूरत नहीं थी–उसमें से उन्नाबी-से रंग की एक गोली निकाली और दे दी।

उसने ऐपिल जूस के घूंट के साथ वह गोली खाते हुए कहा–अपने दलीप से मेरी बात न करना। मुझे तो कोई डर नहीं, पर वह तुम्हारी मां के बारे में क्या

सोचेगा?...और फिर क्या पता–फिर वह तुमसे ब्याह करे या न करे...

मीना को दलीप से अपना भविष्य कहीं टूटता-सा लगा। कल से ही मन कुछ सहमा हुआ-सा था कि जब यह सब कुछ दलीप को मालूम होगा, उसकी आंखों में वह पहली-सी मीना नहीं रहेगी...

मीना घबराई-सी उठकर खड़ी हो गई। कहने लगी–अब मैं जाऊं?

–पर फिर आओगी न?

मीना ने 'हां' में सिर हिलाया।

उसने तकिये के नीचे से सौ-सौ के कुछ नोट निकाले और मीना से कहा–मैं तमाम ज़िंदगी तुझे कुछ नहीं दे सका...

मीना ने हाथ को छू रहे नोटों से हाथ परे कर लिया। मुंह से कुछ घबराहट से निकला–नहीं...नहीं...

नोटों वाला हाथ उदास-सा पीछे हो गया, पर मीना के कानों में एक आवाज़ जैसे तड़प उठी–ठीक है। न मैं दम्मो का कुछ लगता हूं, न तुम्हारा...

मीना का हाथ कुछ घबराकर आगे हुआ, पर उसकी 'हां' जैसे हवा में लटककर रह गई। न हाथ से नोट पकड़े जा रहे थे, न हाथ पीछे किया जा रहा था।

–जी करता था, उस फ्राक की तरह आज तुम मेरी खरीदी हुई कोई साड़ी पहनती...

मीना ने जवाब में हाथ आगे करके नोटों में से एक नोट ले लिया–यह काफी है।

उस आदमी ने पलंग के पास लगे हुए बटन को फिर दबाया। सोफिया दरवाज़ा खोलकर अंदर आई तो उसने कहा–राबर्ट से कहो, मेरी बेटी को छोड़ आए। एकदम घर तक न जाए, बाहर की सड़क तक छोड़ आए।

–अच्छा, सर!–सोफिया ने कहा, और मीना उसके पीछे चलती हुई होटल के बाहर आ गई...

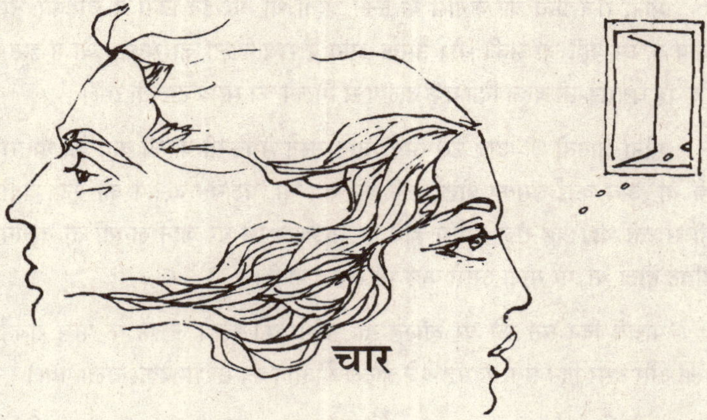

चार

किसी एक घटना का, चाहे किसी दूसरी घटना से बिलकुल कोई संबंध नहीं होता, पर कभी वह किसी एक जगह से इस तरह जुड़ जाती है कि उनके खौफनाक रंग एक-से लगने लगते हैं।

मीना ने अखबार में एक खबर पढ़ी कि एक सुखी विवाह अचानक एक दिन में ही इसलिए टूट गया क्योंकि बीवी अपने खाविंद की चोरी से कभी-कभी कहीं जाया करती थी और एक दिन उसका पीछा करने पर खाविंद को पता चला कि उसकी बीवी का कोई पहला बच्चा भी था, जिससे मिलने वह आश्रम जाया करती थी...

मीना को अपना भविष्य दलीप से इसी तरह टूटता-सा लगा। उसने कल्पना करके देखा...कि उसका और दलीप का ब्याह हो चुका था। दलीप उसे बड़ा प्यार करता था, वह दलीप को। पर कभी-कभी उसे अशोका या किसी और होटल से संदेशा आता था और वह दलीप से चोरी करके वहां जाती थी, और एक दिन दलीप ने उसका पीछा करके जान लिया कि उसकी बीवी का कोई एक पहला बाप भी था–जिससे मिलने वह किसी होटल में जाती थी...

और मीना भयभीत होकर सोचने लगी–क्या गैरकानूनी बच्चे की तरह गैरकानूनी बाप भी होता है...

मीना रोज़ फ्रेंच की क्लास के लिए जाती थी, पर इन दिनों में चाहकर भी दलीप के घर नहीं जा सकी थी। उसके आगे न सच बोला जा सकता था न झूठ, और वह घबराई-सी बहुत दिन तक दलीप से मिलने का समय टालती रही।

मीना जानती थी–अब उसे आते-जाते रास्ते में किसी काली कार का खतरा नहीं था, अब कोई उसका पीछा नहीं कर रहा था, पर वह दलीप को कुछ बता नहीं सकती थी। वह रोज़ अंधेरा होने पर साइकल पर घर जाने लगती तो दलीप चिंतित होता था, पर मीना उससे कुछ भी न कह पाती।

पांचवें दिन-रात को घर लौटते हुए, मीना को रेलवे लाइन के पास राबर्ट मिला और दूसरे दिन सवेरे ग्यारह बजे होटल में आने का संदेशा देकर चला गया।

दूसरे दिन मीना गई, पर इस बार वह ज़्यादा घबराई हुई नहीं थी, इसलिए साइकल ले ली। पर उसकी साइकल मुश्किल से सड़क के मोड़ के पास पहुंची थी कि राबर्ट वहां कार लिए उसकी प्रतीक्षा करता हुआ मिला। मीना ने अपनी साइकल एक परिचित लड़की के घर रख दी और राबर्ट के साथ कार में चली गई।

आज मिस्टर मलिक बाहर होटल के लॉन में उसकी प्रतीक्षा कर रहे थे। मीना पहुंची तो राबर्ट गाड़ी से उतर गया, मिस्टर मलिक गाड़ी को खुद ड्राइव करते हुए कहने लगे–मेरी तबीयत अब बहुत ठीक है, शायद दिल्ली से जल्दी चला जाऊं। सोचा, जाने से पहले अपनी बेटी के साथ एक छोटी-सी ड्राइव पर हो आऊं...

जब राबर्ट गाड़ी चला रहा था, मीना पिछली सीट पर बैठी थी, पर अब जब मिस्टर मलिक खुद गाड़ी चला रहे थे, मीना उनके साथ अगली सीट पर बैठ गई थी।

–तुम्हें ड्राइविंग सिखाऊं?–मिस्टर मलिक ने एयरपोर्ट वाली सड़क पर जाते हुए रास्ते में कहा।

–मुझे? पर मैं सीखकर क्या करूंगी?

–क्यों? मेरी बेटी गाड़ी नहीं चलाएगी?

–गाड़ी?...पर मेरे पास गाड़ी...मीना का वाक्य अधूरा-सा रह गया, पर

उसका अर्थ अधूरा नहीं था।

मिस्टर मलिक ने कहा–मुझे यही दुख है मीना कि मेरी गाड़ियां, मेरा पैसा तुम्हारे किसी काम नहीं आ सकता। पर मेरी सारी जायदाद पर सिर्फ तुम्हारा हक है–पता नहीं चलता, तुम्हें कब–किस तरह दूंगा...शायद तुम्हारे ब्याह के बाद... शायद वह लड़का समझदार हो–तुम्हें भी प्यार करे, मुझे भी...मैं सब कुछ तुम दोनों को दे दूंगा।

और मिस्टर मलिक ने गहरी सोच में डूबी हुई मीना से कहा–पर अभी ब्याह की जल्दी मत करना। इस दलीप को अच्छी तरह देख लें। नहीं तो मैं जो हूं, उससे भी अच्छा लड़का ढूंढ़ दूंगा...यह तो सिर्फ एक लेक्चरर है...मुश्किल से पांच-छः सौ कमाता होगा।

मीना को पिछले कई महीनों से अपनी समूची दुनिया दलीप के चेहरे में दिखाई देने लगी थी। दूर जहां तक देखती थी, उसे दलीप का मुंह दिखता था और उससे परे कुछ भी नहीं। पर इस वक्त पापा के मुंह से 'कोई उससे भी अच्छा लड़का' सुनकर उसके मन में एक टीस-सी हुई, पर पापा से कुछ भी कहने से इस वक्त अपनी ज़बान रोक ली।

पापा ने कहा–खैर, तुम ड्राइविंग सीखो। जब मैं दिल्ली आया करूंगा, मैं आराम से गाड़ी में बैठूंगा, तुम ड्राइव किया करना। राबर्ट है, पर जब हम बाप-बेटी सैर करने जाएं, उस वक्त एक गैर आदमी को अपने साथ रखना अच्छा नहीं लगता।

मीना बड़ी चिंतातुर थी, सोच रही थी–अगर ऐसे ही कभी गाड़ी में बैठे, या ड्राइव करते दलीप ने मुझे देख लिया, या छोटे भाई ने, या उस पापा ने...

और मीना ने घबराकर इस पापा की ओर देखा। वह कह रहे थे–मेरा तो जी करता है–मैं अगले ट्रिप में तुम्हें अपने साथ लंदन ले जाऊं...चाहे सिर्फ चार-पांच दिन के लिए। तुम्हें लंदन दिखाऊं, पेरिस दिखाऊं...यह हो सकता है, अगर तुम पांच-सात दिन किसी सहेली के पास जाने की बात कह सको...तुम्हारी कोई सहेली नहीं है बम्बई, अमृतसर या कहीं भी?

मीना को सब कुछ एक परी-कथा-सा लग रहा था–संभव भी, असंभव भी...

एक जगह गाड़ी रोककर मिस्टर मलिक ने गाड़ी में रखा हुआ सैंडविचेज़ का पैकेट निकाला। चाय से भरा थरमस भी था। इर्द-गिर्द, दोनों ओर खेत थे, और जहां तक नज़र जाती थी–हरियाली थी।

और परे दूर दिल्ली के खंडहर दिखाई दे रहे थे।

पांच

मीना रोज़ ड्राइविंग सीखने लगी। कभी मिस्टर मलिक से, कभी राबर्ट से। रोज़ घर से जाते वक्त 'लाइब्रेरी' जाती थी, पर बाहर के मोड़ से या ओबेराय होटल के मोड़ से राबर्ट के साथ कार में बैठते हुए, वह अपने मन में कह लेती थी–क्या इंसानी रिश्ते की किताब को पढ़ना लाइब्रेरी की किताब पढ़ने की तरह नहीं है...

मन में कभी-कभी सोचों की भीड़ हो जाती, और हार्न की तरह कानों में किसी खतरे की सूचना भी बजती–ऐसे कब तक चलेगा? कभी-न-कभी मुझे कोई इस कार में ज़रूर देख लेगा...

पर खतरे के सामने से जल्दी से परे होती हुई वह अपने–आपको तसल्ली देती–तो मां को सब कुछ बता दूंगी। इसमें जो कुछ छुपाव करना है वह मां को करना है, मुझे नहीं। मुझसे तो नौकर-चाकर भी अदब से मिलते हैं, अदब से बात करते हैं...

सिर्फ सोफिया मीना को ज़्यादा अच्छी नहीं लगती थी, इसलिए नहीं कि वह मीना को अपने बॉस की बेटी होने के नाते पूरा अदब नहीं देती थी, सिर्फ इसलिए कि पापा के सामने वह जितनी चुप रहती थी, राबर्ट के सामने बातें करती हुई वह उतनी ही शोख-सी हो जाती थी। मीना को अच्छा नहीं लगता था।

पर छोटे काम वाले लोगों का अखलाक और होता है, मुझे उसकी निजी बातों

से क्या?–मीना ने अपने-आपसे यह कह लिया था। पर परसों जब वह पापा के कमरे में गई थी, पापा गुसलखाने में थे, और भिड़काए दरवाजे को खोलकर वह जब कमरे में आई थी, उसका पैर ऐसे अटक गया था जैसे वह गलत कमरे में आ गई हो।

सामने पापा के पलंग पर सोफिया अलसाई-सी लेटी हुई थी।

मीना से भी ज़्यादा घबराकर सोफिया पलंग पर से उठी थी–जैसे वह पापा की चोरी से वहां लेटी हो।

उस दिन सोफिया ने मीना से दोस्ती करने का कुछ खास यत्न किया था, पर मीना का मन उकताया हुआ था, उसने सोफिया का हाथ झटक-सा दिया।

सोफिया अपने पर्स में से पेरिस के सेंट की एक शीशी निकालकर मीना को जैसे ज़बरदस्ती दे रही थी, पर मीना ने नहीं ली।

'रिश्वत' सरीखा एक शब्द मीना के माथे में टूटता और जुड़ता रहा...

पापा जब गुसलखाने से आ गए, सोफिया कमरे से चली गई, तो पापा ने दो फार्मों पर मीना से दस्तखत करवाते हुए कहा–यह एक तुम्हारा ड्राइविंग लाइसेंस बनवाने के लिए, और दूसरा तुम्हारा पासपोर्ट बनवाने के लिए...

मीना हैरान घबराई-सी पापा के मुंह की ओर देखने लगी...

पापा खुश भी थे पर उदास भी। कह रहे थे–इन फार्मों पर अपने हाथ से तुम्हारे बाप का नाम–किसी और का नाम लिखूंगा...कोई हरबस शर्मा...इसका मुझे बड़ा दुख है। काश, मैं यहां अपना नाम लिख सकता...

मीना के मन में भी कुछ उदासी घुल गई। सोच रही थी–अपनी बेटी को जब ऊंची आवाज़ से बेटी न कहा जा सके...इसका दर्द वही जान सकता है जिसने भुगता हो...और उसका मन उस आदमी के लिए कुछ छलक-सा आया...

पर पापा खुश भी थे, कह रहे थे–फुलिश सेंटीमेंट...मैं तुम्हें देख सकता हूं, क्या यह काफी नहीं? पांच-सात दिन तुम्हें पेरिस-लंदन अपने साथ रख सकूंगा, क्या यह काफी नहीं?

और मीना के मन में पेरिस या लंदन जाने के नाम पर जो घबराहट हुई थी, वह पापा की खुशी के सामने छोटी हो गई थी।

उसने सिर्फ एक बार कहा था–पर घर से क्या कहकर जाऊंगी?–और पापा ने तसल्ली-सी दी थी–तुम कहती थीं, बम्बई में तुम्हारी एक सहेली रहती है। पांच-सात दिन उससे मिलने जाने के नाम पर कुछ कह देना...

मीना को तसल्ली नहीं हुई थी, पर एक बात उससे बहुत ज़्यादा उसके मन में चुभ रही थी, उसका समूचा ध्यान उस बात की ओर चला गया, कहने लगी–सोफिया भी साथ जाएगी?

पता था, वह पापा की सेक्रेटरी है, हर जगह हर वक्त साथ रहती है, पर पापा कह रहे थे–बिलकुल नहीं। मुझे बिज़नेस का कुछ काम ज़रूर है, पर इस बार मैं चाहता हूं...पांच-सात दिन सिर्फ मैं होऊ, और मेरी बेटी...

सो मीना उस तरफ से निश्चिंत-सी हो गई...

आज उसने पापा को बताया हुआ था कि वह नहीं आएगी, आज उसने फ्रेंच की क्लास से भी छुट्टी ले ली थी, आज उसे दलीप के साथ दिल्ली से कोई बीस मील गुड़गांव से कुछ दूर, वहां जाना था, जहां दलीप के पिता का फार्म था।

दलीप के साथ उसकी मोटरसाइकल पर उसके फार्म पर जाने की इजाज़त उसने मां से भी ले ली थी, और अपने इस पापा से भी।

'यह पापा, वह पापा', जब ये दो लफ़्ज़ इकट्ठे उसके मन में आ जाते थे ...टकरा जाते थे...

वह सोचने लगी–दोनों में से कोई लफ़्ज़ भी कहीं से टूटता नहीं, सिर्फ वह खुद ही कहीं अंदर एक जगह से कुछ टूट जाती है...

आज उसकी नींद भोर से पहले ही खुल गई थी, पर अभी सुबह का प्रकाश रात की ओट में कहीं अटका हुआ था...

और वह खुद भी विचारों की ओट में बैठी हुई थी...

परसों पापा ने बड़े दुख से कहा था–तुम मेरे हाथ का खरीदा हुआ कुछ भी नहीं पहनोगी?–और उसने परसों शाम, पुराने संभालकर रखे हुए उस सौ के नोट को किताब में से निकाल लिया था, जो पहले दिन उसने पापा से लिया था।

परसों शाम उसने एक सिल्क की साड़ी खरीदी थी–हरे कांच के रंग की। और कल पापा को खुश करने के लिए वही साड़ी पहनकर पापा से मिलने गई थी...

मेरी सब्ज़परी-सी बिटिया...कहते हुए पापा ने उसका गाल चूम लिया था।

उस दिन नहीं, पर आज, रात के चौथे पहर अपनी खटिया पर सोती-जागती-सी मीना को खयाल आया–पापा की ज़िंदगी कितनी प्यासी थी...और साथ ही उस दिन सोफिया को पापा के पलंग पर लेटे हुए देखकर, जो गुस्सा-सा आया था, वह ढलने लगा।

सोचने लगी–इतनी रीती ज़िंदगी पापा ने किस तरह बिताई होगी...सिर्फ मन की नहीं, तन की ज़रूरतें भी होती हैं। कभी ब्याह नहीं किया–कोई मुंह देखने को सामने कुछ भी नहीं–अगर वही सेक्रेटरी उन्हें कभी कोई सुख देती है तो इसमें उसका क्या कसूर...पापा का भी क्या कसूर...

मन पिघल-सा गया, साथ ही मन में कुछ तन-सा भी गया–पर वह राबर्ट के साथ भी बहुत खुली हुई है...अगर उसने पापा जैसा संजीदा आदमी मिल गया है तो वह उस राबर्ट के साथ क्यों?...मालिक और ड्राइवर के बीच तो एक अंतर होता है, उस अंतर की तमीज़ तो उसे होनी चाहिए थी..

और साथ ही एक गलीज़-सा खयाल आया–राबर्ट जवान है...पापा जवान नहीं...और मीना का मन इन विचारों से भी कुछ घिनिया-सा गया।

भोर का उजियारा हलकी-सी लौ बन रहा था। मीना अपने विचारों से छूटने के लिए खटिया पर से उठ बैठी। उसने विचारों को बदन पर ओढ़े हुए कम्बल की तरह परे किया, और गुसलखाने में जाकर नहाने लगी।

अब रसोई में से भी खटखटाहट आने लगी थी–शायद मां सबके लिए सुबह

की चाय बना रही थी।

मीना ने खिड़की से बाहर देखा–सुबह का प्रकाश धीरे-धीरे पसर रहा था। दलीप ने कहा था–वह बिलकुल सुबह ही आ जाएगा, ताकि वे बिलकुल सुबह, सडकों पर, दिन की भीड से भी पहले, दिल्ली से निकल सकें, और सांझ को समय से वापस लौट आएं।

मीना ने जल्दी से कपड़े पहनकर तैयार हो जाना चाहा। अलमारी खोली। सामने कल पहली बार पहनी हुई साड़ी पड़ी थी, जिसे देखकर पापा ने कहा था–मेरी सब्ज़परी-सी बेटी...

वह दलीप की आंखों में भी आज हरी सब्ज़परी की तरह लगना चाहती थी। इसलिए वही साड़ी निकालकर पहनने लगी।

शीशे के आगे खड़े होकर साड़ी पहनते हुए उसे खयाल आया, आज वह दलीप के पिताजी से पहली बार मिलेगी। चाहे अभी दलीप ने उन्हें इस तरह की कोई बात नहीं बताई थी, पर फिर भी वह इस तरह की बात को कुछ समझ जाएंगे, उसे गौर से देखेंगे, मन में कुछ परखेंगे भी...और शायद वह भी हंसकर कुछ इस तरह कह दें–मेरी हरी सब्ज़परी-सी बेटी...

मीना ने वह साड़ी पहन ली। दलीप अभी आया नहीं था। उसे चाय की कुछ तलब-सी लगी, रसोई में मां के पास चाय का प्याला पीने चली गई।

–वह भी आ गया है?–मां ने केतली से चाय उंडेलते हुए पूछा।

–अभी नहीं, जब आएगा तब और गर्म चाय पी लूंगी।

मां हंस रही थी–पानी की मछली तो होती है, तू चाय की मच्छी है...

–यह चाय की मछली आज कहां चली है?–पीछे से रसोई की ओर आते हुए पापा की आवाज़ आई।

मीना ने प्याले में से चाय का घूंट भरते हुए, पापा की ओर देखा, कहा–आपसे पहले पूछ तो लिया था। भूल गए?

पापा ने वही फिकरा दोहराया, जो मीना के पहली बार पूछने पर कहा था–अच्छा-शरीफ लड़का है न?

मीना की जगह मां ने जवाब दिया–शरीफ है तभी तो अपने बाप के पास ले जा रहा है...

पापा शायद मीना की साड़ी की ओर देख रहे थे, देखकर कहने लगे–यह तूने कब खरीदी? क्या मां ने खरीद दी है?

मीना ने कल शाम फ्रेंच की क्लास के समय भी वहीं साड़ी पहनी थी, दलीप ने भी यही बात पूछी थी, पर उस वक्त मीना ने दलीप से जो कहा था, उसे पापा से नहीं कह सकती थी। उस वक्त मीना ने कहा था–हां, मां ने ही खरीद दी है, और कौन खरीदेगा...पर इस वक्त मां सामने बैठी थी, इसलिए यह बात वह पापा से नहीं कह सकी थी। सो कहा–उसने...दलीप ने...

इस वक्त दलीप लफ़्ज़ झूठ से जुड़ा हुआ था, इसलिए मीना के गले में अटक-सा गया। कल सुबह मां ने भी जब नई रेशमी साड़ी देखकर पूछा था, तो मीना ने उसे भी यही जवाब दिया था, और उस वक्त भी यह उसके गले में अटक-सा गया था।

पर जिस तरह मां ने उसके गले में अटके हुए लफ़्ज़ को उसकी शर्म समझा था, इस वक्त पापा ने भी वही समझा। पर मां ने सुनकर कुछ नहीं कहा था, पापा कहने लगे–रिश्ते की बात पक्की हो जाए तो और बात है, पर मीनू! तुझे यूंही किसी से चीज़ें नहीं लेनी चाहिए।

मीना को पापा की बात बुरी नहीं लगी–उसके अपने विचार भी ऐसे ही थे। उसने सचमुच दलीप से या किसी से भी कभी कुछ लेना कबूल नहीं किया था। पर इस वक्त वह पापा की नज़रों में वह नहीं दिख रही थी जो वह थी।

मीना को अपना-आप कसूरवार-सा लगा, कोई कसूर नहीं था तो भी कसूरवार।

नज़र भरकर पापा की ओर देखा–पापा का वही संजीदा और सादा चेहरा था।

हमेशा की तरह।

सिर्फ उसका अपना मुंह ही अपनी नज़रों में कुछ भटकता-सा लग रहा था...

पापा कह रहे थे–तू आज उसके साथ चली जा, शायद वह अपने बाप को दिखाना चाहता हो...पर फिर उसके साथ इस तरह मत जाया करना...यह वह कोई फैसला कर सीधी तरह ब्याह का फैसला करे।

पापा के लफ़्ज़ साफ थे, सीधे थे, और उस फिक्र से जुड़े हुए, जो एक जवान बेटी के बाप को होती है।

और पापा कह रहे थे–मुझे ज़्यादा अमीरी नहीं चाहिए, बस लड़का गुज़ारे लायक कमाता हो और शरीफ हो।

मीना को अचानक उस पापा के लफ़्ज़ याद आए–अभी ब्याह की जल्दी मत करना...यह तो सिर्फ लेक्चरार है, मुश्किल से पांच-छ: सौ कमाता होगा...

'यह पापा'–'वह पापा' दोनों लफ़्ज़ फिर मीना के अंदर टकरा गए और उसे अपने अंदर फिर कुछ टूटता-सा लगा...

वह पापा बहुत अमीर हैं...दलीप की पांच-छ: सौ तनख्वाह उनकी नज़र में कुछ भी नहीं, इसलिए दलीप भी कुछ नहीं...यह सोचकर मीना के अंदर जो कुछ टूटा था, उसकी मिट्टी की तरह वह खुद बिखरने लगी।

दलीप उसे उस हद से परे तक अच्छा लगता था, जहां उसकी तनख्वाह या किसी जायदाद की गिनती-विनती बहुत पीछे रह जाती थी...और उसे लगा–उस पापा की गिनती-विनती उसे कहीं से दलीप से तोड़ रही थी...

'और यह पापा' मीना उनके सीधे-सादे लफ़्ज़ों को मन में दोहराती हुई सोच रही थी–सिर्फ़ उसकी शराफत को देखना चाहते हैं।

पैसा एक हद तक आकर रुक जाता है...मीना चाय के गर्म घूंट की तरह अपने खयालों को पीती रही–इसलिए अगर इंसान की पहचान सिर्फ पैसे से करनी हो, तो यह पहचान भी उतनी ही होगी जितना उसका पैसा। पर अगर...उसकी

पहचान उसकी अच्छाई से करनी हो, उसकी शराफत से, तो जैसे इन चीज़ों का अंत नहीं होता। इंसान का भी नहीं। वह दूर वहां तक दिख सकता है, जहां तक मुहब्बत उसे देखना चाहे...

और मीना को, सामने मूढ़े पर बैठे चाय पीते, 'यह पापा' बहुत अच्छे लगे। यह कमज़ोर-से साधारण-से पापा–जिनकी जेब में न सौ-सौ के नोटों की साधारण कागज़ों की तरह गड्डियां थीं, न दरवाज़े पर खड़ी कार और ड्राइवर था, न अपने कामों के लिए रखी कोई सेक्रेटरी थी...

और मीना को यह पापा, साधारण घर की उस छत जैसे लगे, जो अपने जिस्म के मांस की तरह अपनी होती है। उसका सुख भी अपना होता है, उसकी पीड़ा भी।

और मीना को यह पापा, साधारण घर की उस छत जैसे लगे, जो अपने जिस्म के मांस की तरह अपनी होती है। उसका सुख भी अपना होता है, उसकी पीड़ा भी।

और मीना को 'उस पापा' की समूची शान-शौकत–उन तंग चमकीले सितारों-जड़े कपड़ों की तरह लगी जिन्हें पहनकर कोई सो जाए, तो वे सारी रात बदन पर चुभते रहें...

पता नहीं कहां पढ़ा था, किसने लिखा था, मीना को लिखने वाले का नाम याद नहीं आया, पर याद आया कि उसने अपनी ज़िंदगी की बातें लिखते हुए लिखा था–मैंने सब कुछ ज़िंदगी में अपनी मरज़ी से चुना है, सिर्फ मां-बाप अपनी मरज़ी से नहीं चुन सकता था...और मीना को एक रुलाई जैसी हंसी आ गई–यह इंसान की कैसी मजबूरी है! हर इंसान की, मेरी भी...

पर मीना के मन में एक हसरत-सी आई–अगर यह चुनाव भी मेरे बस में होता, तो मैं उस पापा को नहीं इस पापा को चुनती...

और मीना को मां पर एक गुस्सा-सा आ गया...लगा–अभी नहीं पर किसी दिन मां से खूब लड़ूंगी, रोऊंगी, लड़ूंगी...

बाहर मोटरसाइकल की आवाज़ आई, और मीना ने अपने छोटे भाई को दरवाज़ा खोलते और कहते सुना–दलीप भैया, मुझे भी मोटरसाइकल की सैर करवाओ...

और फिर दोबारा मोटरसाइकल के चलने की आवाज़ से पहले दलीप की आवाज़ सुनाई दी–चल, तुझे एक राउंड लगवा दूं।

मां ने चूल्हे पर चाय का और पानी रखा। पापा कह रहे थे–मीनू, उसके बाप का नाम-पता अच्छी तरह पूछ आना। मैं ज़रा उसके घर-खानदान का पता लगाऊंगा।

और मीना ने जिस विचार को कुछ दिनों से टाला हुआ था, वह उसके सामने आ खड़ा हुआ–पर मेरा घर-खानदान...

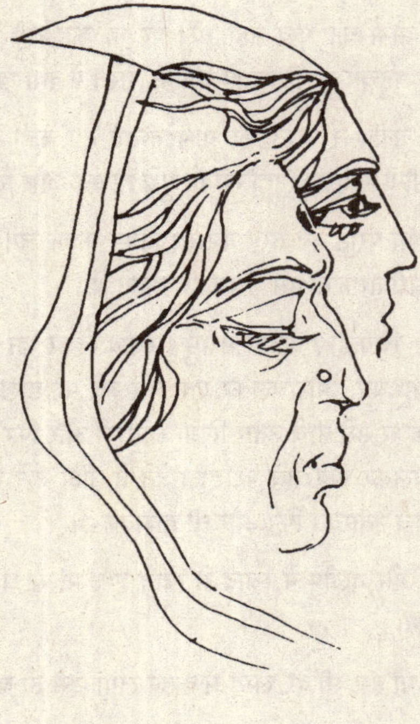

छह

दलीप मीना के छोटे भाई को मोटरसाइकल की जब छोटी सैर करवाकर लौटा, मां ने सबको चाय दी, और एक-एक परांठा भी।

मीना को भूख नहीं थी। पर मां कह रही थी–एक-दो ग्रास खा ले। वहां पहुंचते-पहुंचते काफी देर हो जाएगी, रास्ते में क्या खाएगी?

दलीप ने परांठे का ग्रास तोड़ते हुए कहा–मां! यह परांठा कैसा है? मैंने तो कभी ऐसा परांठा नहीं खाया, मुझे तो एक और खिला दो!

मां परांठे की तरह नर्म-सी होकर कहने लगी–यहां पता नहीं इसे क्या कहते हैं। हमारी तरफ तो इसे 'चिकड़ी' कहते थे...

–चिकड़ी? दलीप सचमुच स्वाद लेकर खा रहा था। मां बता रही थी–आटे में घी गूंधकर, और बेलकर एक बार तवे पर डाल देते हैं, फिर धीमी-धीमी आंच पर सेंककर उसे नीचे उतार लिया जाता है और फिर उसमें और घी डालकर, गूंधकर और बेलकर फिर तवे पर डाल देते हैं, फिर उसे धीमी-धीमी आंच पर सेंकते हैं, फिर नीचे उतारकर फिर और घी डालकर...।

और दलीप ने स्वाद से खाते हुए, मां से धीरे से कहा–यह मीनू को सिखा दीजिएगा....

मां हंस-सी दी, लाड़ से कहने लगी–इसे तो बस किताबें पढ़नी आती हैं, और

खाक भी नहीं आता...।

और मीना ने देखा, उसके पापाजी वहीं रसोई में बैठे कुछ प्यार से दलीप की ओर देख रहे हैं...

मीना के मन में कुछ घिर आया–यह एक सुख-सा था, जिसमें कुछ महंगा नहीं था, पर तो भी...पर तो भी शायद यह रहेगा नहीं...

मोटरसाइकल पर बैठने से हवा के कारण बाल बिखर जाते, इसलिए मीना ने अलमारी से एक स्कार्फ निकालकर सिर पर बांध लिया।

स्कार्फ लाल रंग का था। बाहर निकलकर जब मीना मोटरसाइकल के पीछे बैठने लगी, दलीप ने एक बार उसकी ओर देखा, फिर हंसकर धीमे से कहा–लाल परी, ज़रा साड़ी को संभालकर बैठना।

और मोटरसाइकल की आवाज की तरह मीना के सिर में कुछ ज़ोर से चलने लगा–ज़िंदगी का पता नहीं, क्या कुछ इस जिस्म से कसकर और लपेटकर चलना पड़ेगा...

मीना का एक हाथ दलीप के कंधे पर था। मोटरसाइकल की आवाज़ में न उसकी आवाज़ दलीप को सुनाई दे रही थी, न दलीप की उसे, पर इसके बिना भी हाथ को कंधे का पूरा सहारा था और पैरों के नीचे रास्ता कट रहा था।

मीना के खयाल स्कार्फ की गांठ की उड़ती हुई किनारी की तरह हवा में तैरने लगे–क्या इस तरह जिंदगी की राह नहीं चली जा सकती? न मैं कुछ दलीप को बताऊं, न वह मुझसे कुछ पूछे, सिर्फ अपना हाथ उसके कंधे पर रखकर हमेशा उसके साथ चलती जाऊं...सारी ज़िंदगी...

पर यह राह सिर्फ बीस मील की...

...और गुड़गांव से थोड़ा-सा आगे जाकर दलीप ने सड़क से दाएं हाथ मोटरसाइकल को जब धीमी चाल से मोड़ा, मीना ने सामने कच्ची सड़क से परे एक छोटा-सा बोर्ड लगा हुआ पढ़ा–मलिक फार्म। कच्ची सड़क पर पड़े हुए मोटरसाइकल की तरह मीना के माथे को एक धक्का-सा लगा–इस लफ्ज़ 'मलिक'

को वह आज याद नहीं करना चाहती थी, पर कुदरत अजीब थी। वह उसे कुछ भी भूलने का वक्त नहीं दे रही थी...

दलीप ने अभी मोटरसाइकल एक जगह रोकी ही थी और मीना अभी पिछली सीट से उतरने ही लगी थी, देखा–सामने एक सौम्य-सा आदमी बड़े प्यार से उसे देख रहा था।

–पिताजी!–दलीप के मुंह में था, जब पिताजी ने आगे बढ़कर मीना के सिर पर हाथ फेरकर कहा–आओ बेटी!

मीना के विचार हवा में उड़ते स्कार्फ की कन्नी की तरह थम गए और शांत-से हो गए।

यह मार्च का महीना था–पुराने पत्ते झड़ रहे थे, नये निकल रहे थे। दलीप कभी दाईं ओर, कभी बाईं ओर हाथ करके मीना को दिखा रहा था–यह गेहूं के खेत...यह अंगूरों का बगीचा है, पर आजकल इसके पत्ते झड़े हुए हैं, जब इनपर नये पत्ते लग जाएंगे...

पिताजी पूछ रहे थे–बेटी! पहले चाय पियोगी या खाना ही खाओगी...

मीना ने देखा–वहां ज़रा-सा परे, दो पक्के कमरे थे, जहां एक बरामदे में जल रही चूल्हे की आग किसी छोटे-से शांत घर की तरह चमक रही थी।

–मेरी मां मुझे चाय की मछली कहा करती है।–मीना ने हंसकर बताया और कहने लगी–पिताजी! आज मैं चाय बनाती हूं, रोटी भी मैं पकाऊंगी...

–किसलिए बिट्टो!–वह कह रहे थे–मैंने तुम्हारे लिए चावल पकाए हुए हैं, मटर-पनीर बना रखे हैं...पिछली फसल के मटर हैं बड़े नर्म-नर्म...तुम लोग महीना-एक पहले आते तो मैं तुम्हें सरसों का साग खिलाता...।

वह पीछे कमरों की ओर मुड़े तो मीना उनके पीछे खिंची-सी चलने लगी। दलीप के दिल में था–पहले खेतों की मेंड पर चलते हुए वे दोनों कुछ टहल आएं, पर मीना पिताजी के पीछे चल रही थी, इसलिए दलीप भी पीछे चलता मीना को चिढ़ाने लगा–चाय की मछली...

पिताजी ने चूल्हे पर चाय के लिए पानी रखकर, और फिर गर्म पानी से धुले हुए गिलासों को फिर से धोते हुए कहा–अब तुम दोनों को फ्रेंच काफी आ गई होगी?

मीना ने कुछ हंसकर दलीप की ओर देखते हुए जवाब दिया,–नहीं, पिताजी! फ्रांस जाए बिना यह ज़बान नहीं आ सकती, अच्छी तरह नहीं आ सकती।

पिताजी हंसने लगे–जिस तरह हमारे वक्त में जब हम अंगरेज़ी हांकते थे तो हमारे मां-बाप को ज़रा भी समझ में नहीं आता था, अब तुम लोग इतनी तो सीख ही गए होंगे कि जब फ्रेंच की गिटपिट करोगे–हम लोगों के खाक भी पल्ले नहीं पड़ेगा!

मीना का ध्यान इतना फ्रेंच सीखने या बोलने की बात की ओर नहीं था जितना पिताजी की इस बात की ओर–'तुम लोग जब'–और इसमें वह हमेशा के लिए मीना को और दलीप को जोड़कर बात कहते लगते थे।

मीना को मन में किसी जगह एक सुख अनुभव हुआ, पर उसे मन में किसी जगह सुख खोता-सा भी लगा–जब...जब वह बात इन सबको पता चलेगी...।

'वह बात' अब हमेशा मीना के साथ चलती थी, साथ सोती थी, साथ जागती थी, और मीना को लगा, वह उससे बहुत थक गई थी।

थकी-सी ने पीठ को दीवार का सहारा दिया।

दलीप पिताजी से चाय का गिलास लेकर उसके आगे करता हुआ बोला–चाय की मछली, जल्दी चाय पी और चल, फिर सारे खेतों का एक चक्कर लगाकर आएं।

पिताजी शायद रह-रहकर उसकी ओर देख रहे थे। मीना के थके हुए मुंह पर गुस्सा-सा आ गया। वह अपने-आपको हंसाती-सी दलीप से कहने लगी–मैं तो सब खेतों को धीरे-धीरे देखूंगी, तुझे शहर जाने की जल्दी है, आज चले जाना, मैं तो यहां पांच-सात दिन रहूंगी–पिताजी के पास...।

और साथ ही मीना को एक और बात याद हो आई, जो परसों किसी ने उससे

कही थी–पांच-सात दिन सिर्फ मैं होऊं और मेरी बिटिया...।

वे पांच-सात दिन...जो किसी ने उसके साथ लंदन में और पेरिस में गुज़ारने के लिए कहे थे, और ये पांच-सात दिन...जो उसने यहां खेतों में किसी के साथ गुज़ारने की बात की थी...मीना का दिल और ज़ोर से धड़कने लगा, और यह पांच-सात दिन की गिनती उसके कानों में बजने लगी...।

सामने बैठे दलीप के पिताजी ने कुछ पूछा था, पर मीना को शायद सुनाई नहीं दिया, वह उसी तरह चुप थी, इसलिए उसने अपनी जगह दलीप को जवाब देते सुना–मीना के पापाजी का नाम? इसके पापाजी का नाम हरबंसलाल है...

और मीना ने देखा–वह एकटक मीना के मुंह की ओर देख रहे थे...

उसका दिल एकाएक घबरा गया। सोचने लगी–यह लोग भी मलिक हैं, वह पापाजी भी मलिक, जाने इन्हें पहले ही कुछ पता हो...सुना-सुनाया...।

और मीना घबराकर उठ बैठी।

दलीप उसके उठने के इंतजार में था, जल्दी से उठकर कहने लगा–हम खेतों का एक चक्कर लगा आएं...।

मीना ने चाय पीते हुए सोचा था कि पिताजी को उनके जूठे गिलास न धोने पड़ें, वह सारे गिलास धोकर जाएगी, पर इस वक्त वह गिलासों की बात भूल चुकी थी–वह जल्दी से खेतों की ओर चल दी।

काफी दूर चली गई, तब उसे लगा दलीप साथ नहीं आया था, अब भी अपने पिताजी के पास खड़ा बात कर रहा था...

उन्होंने दलीप को रोक लिया होगा...मीना झड़े हुए पत्तों की अंगूर की बेल की तरह कांपने लगी, और वह दलीप को बता रहे होंगे...।

पर दलीप दौड़कर उसके पास आ गया, कहने लगा–तुझे यह जगह अच्छी लगी है न, यह 'मलिक फार्म', अब मैं तुझे मीना की जगह मलकी कहा करूंगा... मलिक फार्म की मालिक मलकी...।

और मीना को टूटे हुए पत्ते जैसी एक हंसी आ गई।

सात

मीना जब अशोका होटल पहुंची, पापा के कमरे में, पापा की मेज़ पर मीना का ड्राइविंग लाइसेंस और पासपोर्ट पड़े हुए थे।

मीना हैरान उनकी ओर देखती रह गई।

मलिक साहब हंस रहे थे।

–पर मैंने तो अभी ड्राइविंग का टेस्ट ही नहीं दिया, यह लाइसेंस किस तरह मिल गया? मैं तो टेस्ट से डर रही थी...

–मेरे होते हुए तुम्हें कोई डर नहीं, टेस्ट देने का भी नहीं।

–पर इस तरह...इस तरह कैसे मिल जाता है?

–खरीदकर।

मीना हैरान थी–क्या दुनिया में हर चीज़ खरीदी जा सकती है?

पापा ने शायद उसके विचार बूझ लिए थे, कह रहे थे–मीना, तुम सचमुच बहुत भोली हो, ड्राइविंग लाइसेंस से लेकर असेम्बली की सीट तक, सब कुछ बिकता है, सिर्फ खरीदने की ताकत चाहिए...

मीना ने हैरान होकर पापा की ताकत की ओर देखा, फिर पूछा–और यह

पासपोर्ट?

—यह भी।

—मैं तो डरती थी...सुना था कि पासपोर्ट के लिए एप्लाई करो, तो वे लोग तहकीकात करने के लिए घर आते हैं...

—मैंने तो यह बात पहले ही सोच ली थी, इसलिए तुम्हारे घर कोई तहकीकात करने के लिए नहीं गया, न ही जाने दिया।

मीना दुनिया की इस ताकत के आगे छोटी-सी चीज़ की तरह चुप कुर्सी पर बैठ गई।

—कोई मिलने आया है, मैं उसे कमरे में नहीं लाना चाहता। मैं नहीं चाहता, तुम्हें कोई भी देखे, इसलिए तुम यहां बैठो, मैं उससे बाहर ही मिल आऊ...

मिस्टर मलिक जाने लगे, तो मीना ने पासपोर्ट की काली जिल्द की ओर देखकर घबराते हुए कहा—पर मुझे इतनी दूर, लंदन या कहीं भी जाते डर लगता है...

—मेरे होते हुए तुम्हें काहे का डर है?

—वहां नहीं, पर यहां...जो यहां किसी को पता लग गया?

—लग ही नहीं सकता।

'लग ही नहीं सकता' बंद किले जैसे शब्द थे, जो हर खतरे की पहुंच से दूर था, पर मीना का मन डूब-सा रहा था-आखिर किलों के भी रास्ते होते हैं, वे किले कहीं से टूट भी सकते हैं।

पापा पूछ रहे थे—तुमने घर में बम्बई जाने की बात तो कर दी थी न?

—की थी, पर मुझे पता है कि...

'कि' के आगे वह कहने लगी थी 'पापा', पर एक लफ़्ज़ हमेशा की तरह

गले में अटक गया था, और उसने उसकी जगह 'वह' कहकर चला लिया था—वह नहीं मानेंगे।

—बेटियां कभी ज़िद भी पकड़ लेती हैं...।

मिस्टर मलिक यह कहकर चले गए, पर यह सलाह मीना की आंखों में कुनकुना-सा पानी बन गई—बेटियों की तरह किससे ज़िद करूं? एक को पापा कहती हूं, पर जानती हूं वह पापा नहीं, दूसरे को ऊंची आवाज़ से पापा भी नहीं कह सकती।

कमरे में टेलीफोन की घंटी बजी...

मीना ने आवाज़ सुनी, पर टेलीफोन उठाया नहीं। वह अभी भी पासपोर्ट की जिल्द की ओर ऐसे देख रही थी जैसे वह उसके अंदर लिखे हुए लफ़्ज़ 'लंदन' में हों, इस कमरे से बहुत दूर।

टेलीफोन की घंटी बजे जा रही थी...

चेतना को एक झटका-सा लगा, मीना ने टेलीफोन उठा लिया। कहा—हैलो!

आवाज़ आई—कामिल दिस साइड, गेट मी राणाजी।

—रौंग नम्बर—मीना ने कहा तो फिर आवाज़ आई—इज़ दिस फाइव नाइन?

मीना ने कमरे का नम्बर याद किया, कहा—हां, फाइव नाइन।

उधर से फिर आवाज़ आई—गेट मी राणाजी, दिस इज़ अर्जेंट।

मीना ने कुछ खीझकर जवाव दिया—देअर इज़ नो राणाजी, रौंग नम्बर।

उस तरफ कुछ खामोशी-सी छा गई, फिर धीमी-सी आवाज़ आई—आई सी ...यू आर ए न्यू वई—और टेलीफोन बंद हो गया।

लोग टेलीफोन पर कैसे 'टीज़' करते हैं, मीना को और खीझ हुई। याद आया, उसकी एक सहेली बताया करती थी कि रात को रोज़ कोई बारह-एक बजे टेलीफोन करके उससे कहा करता था—अजी एक गाना तो सुना

दीजिए...।

बैरा कमरे में आकर ऐपिल जूस का गिलास रख गया, नीचे से शायद पापा ने भिजवाया था। मीना को इस नई खीझ से सचमुच प्यास-सी लग आई थी। वह कुछ आराम से कुर्सी पर बैठकर ऐपिल जूस पीने लगी...।

आठ

नौ तारीख...नौ तारीख...

मीना को लगता, जैसे चीनी लोग बर्फ के पानी को एक-एक बूंद लगातार किसी के सिर पर डालकर उसे कुछ दिनों में मार देते हैं—यह नौ तारीख भी लगातार टिप-टिप उसके सिर पर बज रही थी, और वह उसके नीचे धीरे-धीरे मर रही थी...

पापा ने कहा था—हम नौ तारीख की सुबह हवाई जहाज़ से लंदन चलेंगे...

मीना ने लंदन के म्यूज़ियम और पेरिस की आर्ट गैलरियों के बारे में जो कुछ पढ़ा या सुना था, उसकी कल्पना करके खुश होना चाहा, पर मन में पल-भर के लिए आई खुशी भी मन में टिकती नहीं थी...

उसने घर मां से, कई दिन पहले कहा था कि वह कुछ दिनों के लिए बम्बई अपनी सहेली के पास जाएगी, और मां ने उसकी बात नहीं मानी थी, पर आजकल उसकी दादी गांव से आई हुई थी और उसके कहने पर कि लड़की अब सयानी है, जाने भी दे अगर इसका जी करता है—मां कुछ मान-सी गई थी।

पर मीना से अपना झूठ अपने कानों से नहीं सुना जा रहा था...

हरबंसलाल पापाजी ने 'नहीं' जैसी 'हां' कर दी थी, पर वह खुश नहीं थे...

वैसे वह इन दिनों एक बात से बड़े खुश थे कि दलीप ने उनके दफ्तर आकर, अकेले में उनके पास बैठकर, उनसे उनकी बेटी का हाथ मांगा था और कहा था कि कुछ दिनों में उसके पिताजी खुद आकर उनसे मिलेंगे।

देसराज पापाजी इन दिनों बहुत खुश थे कि आखिर उनकी बेटी कुछ दिनों उनके पास रहेगी, चाहे सिर्फ कुछ दिन।

–तुम्हें वहां गर्म कपड़ों की ज़रूरत होगी।–उन्होंने खुद ही खयाल से पूछा था।

यह खयाल मीना को भी था, और उसने कहा था–पर बम्बई जाने के नाम, पर तो मैं घर से गर्म कपड़े नहीं ला सकती।

उन्होंने मीना के लिए कुछ गर्म कपड़े यहां बाज़ार से खरीद लिए थे, और उसके लिए एक नया सूटकेस लेकर वे कपड़े वहीं होटल में रख लिए थे, और कहा था–बाकी मैं तुम्हें लंदन पहुंचते ही खरीद दूंगा। वैसे तो वहीं खरीदूंगा, ये तो यूंही रास्ते के लिए हैं।

यह सब कुछ एक सपने जैसा था, पर मीना हर बात पर एक गहरे सोच में पड़ जाती थी, कपड़ों के बारे में भी–वापस वे घर कैसे लाऊंगी, क्या बताऊंगी, कहां से लाई हूं?

पहले सिर्फ एक साड़ी थी–उसके बारे में कह दिया था कि दलीप ने लेकर दी है, पर अब...

सोचें खत्म नहीं होती थीं, पर नौ तारीख में जितने दिन रह गए थे, वे खत्म हो रहे थे।

एक बार फिर घबराकर मीना ने देसराज पापा से कहा था–आप अकेले चले जाइए। मेरा जी घबराता है।

पर उन्होंने जब कहा था–अच्छा, मुझे तो जाना ही पड़ेगा, कुछ काम है, मैंने सोचा था...मेरी तबीयत ठीक नहीं रहती, तुम साथ होगी तो मेरा खयाल रखोगी ...वैसे भी मुझे इतनी खुशी होगी कि शायद मैं बीमार ही न होऊं।–तो मीना को उनकी उदासी के सामने अपनी घबराहट बड़ी छोटी लगने लगी थी।

उसने घर से–बम्बई जाने के नाम पर एक छोटा-सा सूटकेस तैयार कर लिया था, पर अब उसके सामने एक और चिंता थी–उसका छोटा भाई संदीप कह रहा था कि वह स्टेशन जाकर उसे गाड़ी पर चढ़ा आएगा।

देसराज पापा ने घर में दिखाने के लिए उसे बम्बई का एक टिकट खरीद दिया था, पर स्टेशन पर जाने के लिए जो उसके भाई की ज़िद थी, उसको टालने की सूरत नज़र नहीं आ रही थी।

मीना ने कसैले-से मुंह से एक और झूठ बोला–किसी को स्टेशन पर जाने की ज़रूरत नहीं, दलीप उसे खुद जाकर गाड़ी में बिठा आएगा।

फ्रेंच क्लास से कुछ दिन की छुट्टी लेते हुए उसने दलीप से भी बम्बई जाने की बात कही थी, पर उसकी ओर से उसे आजकल कोई फिक्र नहीं थी, क्योंकि पापा ने उससे खुद कहा था कि आजकल वह घर न आए। आजकल दादी आई हुई थी। ब्याह से पहले लड़के का इस तरह घर आना उसे पसंद नहीं था।

सो मीना भाई और मां से यह कहकर निश्चिंत हो गई कि वह स्कूटर से दलीप के पास चली जाएगी और आगे वह स्वयं जाकर उसे गाड़ी पर सवार करवा देगा।

देसराज पापा कितने दूरन्देश हैं।–मीना को कुछ फिक्रों की ओर से तसल्ली-सी हो गई, तो खयाल आया–डीलक्स शाम को साढ़े चार बजे जाती है, पर उन्होंने बम्बई का फ्रंटियर मेल का टिकट लेकर दिखाने के लिए दिया था, जो सवेरे नौ बजे जाती है–उसी समय जब लंदन वाला प्लेन जाता है.....

सिर्फ जिस दिन सवेरे सात बजे घर से जाना था, उससे पहली रात एक बात की उसे कुछ हैरानी-सी हुई, पर यह सोचकर कि कल रास्ते में देसराज पापाजी से पूछ लूंगी, उसने बात पर बहुत ध्यान नहीं दिया।

रात को खाने के बाद जब राधा अभी चौके को संभाल रही थी, और मां अभी चौके में बैठी हुई थी, दादी भी वहां थी, न जाने किस तरह पुराने बीते हुए समय की बातें छिड़ गईं।

मीना पहले से ही कुछ सोचती हुई-सी बैठी थी, क्योंकि मां उसके लिए कल गाडी में सफर के लिए खाने का प्रबंध करने में लगी हुई थी और आलू उबालते हुए कह रही थी–लड़की ऐसे ही रास्ते में बुरा-गंदा खाना खाएगी, मैं आलू के परांठे बनाकर साथ रख दूंगी, ये सूखते नहीं।–और मीना को मां की इस चिंता के आगे अपना झूठ अच्छा नहीं लग रहा था..

फिर मां और दादी की बातों में न जाने किस तरह–किस समय–देसराज का नाम आ गया।

मीना को दादी के मुंह से यह नाम सुनने की कभी आशा नहीं थी, पर वह कह रही थी–मुझे तो वह पेट का जाया-सा लगता था, निगोड़े ने आकर सूरत भी नहीं दिखाई...

और मां कह रही थी–बस, इस लड़की को एक बार ही सपने में दिखाई दिया है, और किसीको तो उसका नाम-निशान भी मालूम नहीं है।

–हमारे समय में लोग कौल निभाते थे।–दादी कह रही थी–यह मेरा बसा कुछ तेज़ मिज़ाज का था। मैं कभी दुखी होती थी तो देसू कहता–मां, तुम फिक्र मत करो, तुम्हारे एक नहीं, दो बेटे हैं वह तुम्हारी सेवा नहीं करेगा तो मैं जो हूं...।

खैर, ये बातें मीना के लिए नई नहीं थीं, उसकी अच्छाई की बातें, पहले मां भी किया करती थी, राधा भी, पर जो नया था, वह यह कि दादी कह रही थी–एक बरस का फोहे जैसा बालक छोड़कर जब उसकी औरत गुज़र गई थी, वह तो जैसे तन-मन से साधु ही हो गया था...

सो, देसराज पापा ने पहले कभी ब्याह भी किया था और उनका कोई पहला बच्चा भी था–न जाने लड़की या लड़का...और मीना हैरान थी कि यह बात उन्होंने कभी नहीं बताई थी, न और किसी लड़के या लड़की का जिक्र किया था।

शायद वह बच्चा जीता न रहा हो...मीना को कुछ ऐसा भी खयाल आया, पर उसने सोचा–कल रास्ते में उनसे पूछूंगी।

एक यह खयाल भी आया–शायद मेरी कोई बहन या भाई कहीं जीता ही हो, पर पापा ने सिर्फ इसलिए बात न की हो कि वह मेरा सगा भाई या बहन नहीं था...और उसे हंसी-सी भी आई, जो भी है, अगर जीता है तो मेरा आधा भाई तो हुआ ही, या आधी बहन, जैसे यह मेरा आधा भाई संदीप...

और मीना सवेरे के सफर के बारे में सोचते हुए रसोई से उठकर चली गई।

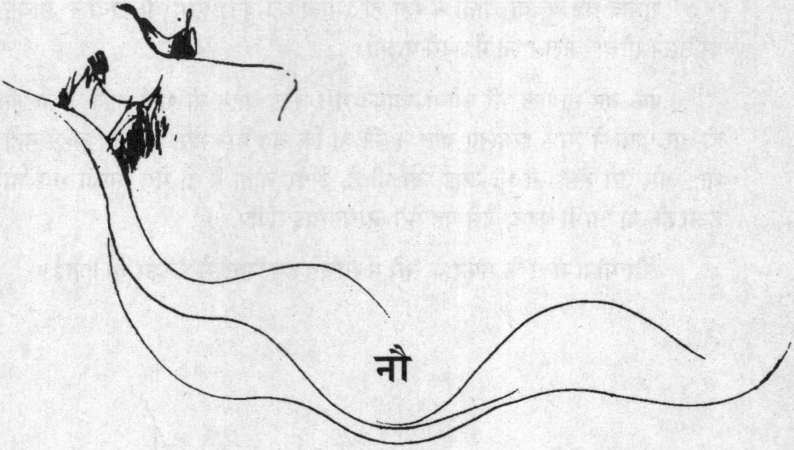

नौ

मीना सवेरे घर से होटल, और वहां से एयरपोर्ट ऐसे गई, जैसे अपनी आंखों से अपना बदन चुराया हो।

घर से एयरपोर्ट तक सारे रास्ते पहचाने हुए लग रहे थे, सिर्फ अपना-आप अपने से पहचाना नहीं जा रहा था...

पापा ने उसके लिए एक जीन्स और स्वेटर खरीदा था, जो उसने होटल में पहने हुए कपड़े बदलकर, पतली-सी साड़ी की जगह, पहन लिया था। शायद इसलिए भी सब कुछ नया और अजीब लग रहा था.....

एयरपोर्ट की भीड़ में, दाएं-बाएं दूर परे कई बार उसे भुलावा-सा हुआ–जैसे दलीप खड़ा हो। ध्यान से देखने पर भुलावा दूर हो जाता था, पर हर बार वह कांपकर रह जाती थी।

उसे लगा–उसका कुछ था, उसके तन-बदन का कुछ, जो वहां–एयरपोर्ट के बाहर–इसी शहर में रह गया था...और दलीप, जो उसके साथ नहीं था, वहीं से थोड़ा-सा उसके साथ जा रहा था...

यह एक बिलकुल नया एहसास था, जो यहां एयरपोर्ट पर खड़े हुए मीना को हुआ। लगा–वह दलीप को अपने अंतरतम से ऐसा प्यार करती थी कि वही

उसकी जिंदगी का सबसे बड़ा सच लगता था।

और इस एहसास के साथ ही उसे पहली बार एक बहुत बड़े गुनाह का एहसास हुआ कि वह सबसे बड़े सच के साथ एक सबसे बड़ा झूठ बोल रही है...

अंदर कस्टम से होकर जाने का समय आ गया।

पूछा गया–सामान में, या पर्स में, या बक्स में कोई कीमती चीज़ है? कोई ज़ेवर, घड़ी, कैमरा?

मीना की उंगली में एक सोने की अंगूठी थी, और हाथ में एक सोने की चूड़ी, वह लिखा दी, पर मन में कुछ और भी आया–एक रिश्ता है, बड़ा कीमती, बाप और बेटी का, जो अपने साथ लिए जा रही हूं, पर किसी को बता नहीं सकती, कानून को भी नहीं...।

उसके पासपोर्ट पर लिखा हुआ उसके पापा का नाम हरबंसलाल इस समय, मीना के विचार में, शर्मिंदा-सा हो रहा था...

हवाई जहाज़ में उसकी सीट पापा के बिलकुल पास थी, पर खिड़की की तरफ नहीं थी। खिड़की के पास की सीट पापा की थी। वह अपनी सीट पर बैठने लगी तो पापा ने अपनी खिड़की वाली सीट उसे दे दी।

हवाई जहाज़ ने उड़ान भरी तो खिड़की वाली सीट पर बैठे हुए खिड़की से बाहर देखकर मीना को धरती अपने से बहुत दूर छूटती जान पड़ी।

हवाई जहाज़ में पहला एहसास हमेशा अकेलेपन का होता है–मीना को किसी किताब के ये शब्द याद हो आए।

और साथ ही यह याद आया कि उसे पापा से वह रात वाली बात पूछनी थी।

पूछा–पापा! आपने कभी...मां से मिलने से पहले ब्याह किया था?

पापा, उदास, खिड़की के बाहर, घिरते और बिखरते हुए बादलों को देखने

लगे...

–सॉरी पापा! मुझे मालूम है आपके एक बच्चा भी था, और उसकी मां भी, पर वह जवानी में ही मर गई थी..मैं सिर्फ उसके बारे में पूछना चाहती थी–अपने भाई के बारे में...

–वह भी...पापा ने सिर्फ इतना कहा और चुप हो गए।

मीना को लगा–उसने पापा के किसी गहरे घाव पर हाथ रख दिया था... उनका ध्यान दूसरी तरफ करना चाहा, पर कुछ भी सूझ नहीं रहा था।

फिर शायद पापा ने स्वयं ही उसके मन की तकलीफ को समझ लिया, अपने बैग से एक एलबम-सी निकाली और मीना को लंदन की तस्वीरें दिखाने लगे–यह हाउस ऑफ पार्लियामेंट के उत्तर की तरफ क्लाक टावर...यह थेम्ज नदी का दृश्य ...यह पूरे लंदन का एरियल व्यू...यह बर्कले चौक...यह ब्रिटिश म्यूज़ियम की गैलरी...यह रोमन वाल का हिस्सा...यह बकिंघम पैलेस का पूर्वी हिस्सा...यह सेंट पाल का कैथेड्रल...

एयर होस्टेस नाश्ता देते हुए पूछने लगी–चाय या कॉफी? तो पापा ने अपने बैग में से एक छोटा-सा पैकेट निकालकर उसे देते हुए कहा–चाकलेट प्लीज़।

और वह मीना को बताने लगे–सेंट्रल और दक्षिणी अमेरिका में, कहते हैं, कोका का पेड़ चालीस फुट ऊंचा होता है। कोलम्बस अपनी यात्रा में, 1502 में, इसके दाने स्पेन ले गया था, जहां इसकी ड्रिंक तैयार की गई थी। यह ड्रिंक तैयार करने का नुस्खा स्पेन वालों ने कई सौ साल तक छुपाए रखा, पर फिर धीरे-धीरे यूरोप में यह मालूम हो गया। कहते हैं, 1657 में फ्रांस के किसी आदमी ने पहली बार लंदन में इसकी दुकान खोली, पर यह इतनी महंगी होती थी कि बहुत अमीर आदमी ही इसे पी सकते थे।

एयर होस्टेस नाश्ता ले आई थी और दो गिलास चाकलेट भी। चाकलेट का घूंट भरते हुए पापा कहने लगे–फिर अमीर शहरों में चाकलेट हाउस खुले और चाकलेट क्लब भी। 1700 में अंग्रेजों ने इसमें दूध मिलाकर इसे और स्वादिष्ट बना दिया, पर इम्पोर्ट ड्यूटी इतनी लगाई हुई थी कि यह बहुत ही महंगी थी...यह तो

1853 में ड्यूटी कम हुई, तो सस्ती हुई...।

मीना चाकलेट पीते हुए चाकलेट का इतिहास सुनती रही, पर साथ ही, भीतर ही भीतर, एक विचार बड़ी दूर तक चला गया—एक दिन आएगा, न जाने कब, शायद बहुत बरस बाद, जब वह दलीप के पास बैठकर उसे हौले-हौले सुनाएगी—मैं जब इक्कीस बरस की थी, एक बार लंदन गई थी...।

हवाई जहाज़ को कुछ हिचकोले-से लगे, ऐलान हुआ—मौसम खराब है, इसलिए सेफ्टी-बेल्ट बांध ली जाए।

मीना ने सबकी तरह सेफ्टी-बेल्ट बांध ली, पर कुछ देर बाद मन को भी कुछ हिचकोले-से आने लगे—अगर हवाई जहाज़ गिर पड़े...सबकी लाशें न जाने कहां-कहां पड़ी होंगी...मेरी भी...सवेरे अखबार में खबर छपेगी, पर कोई भी इस खबर को पढ़कर नहीं सोचेगा कि मैं मर गई...सब लोग बम्बई से मेरे आने का इंतज़ार करते रहेंगे...।

और मीना के अंदर ही कुछ बादलों की तरह घिरने लगा—कुछ दिन इंतज़ार करेंगे...फिर घबराएंगे...फिर ढूंढ़ेंगे...और फिर...फिर न जाने क्या सोचेंगे...।

कुछ देर बाद ऐलान हुआ—अब मौसम ठीक है, सेफ्टी-बेल्ट खोल लें।

दिल्ली में, होटल से चलते हुए, पापा ने एक दवा 'जेवरल' उसे दी थी, और कहा था—मुझे खाना याद नहीं रहता, पर डॉक्टर ने कहा है, दिन में तीन बार इसे ज़रूर खाना है, हर खाने के बाद। अब ठीक वक्त से खिलाना तुम्हारा ज़िम्मा है...।

मीना ने अब नाश्ता खत्म होने पर याद से वह शीशी अपने पर्स से निकाली, और उसमें से लाख के रंग की एक गोली निकालकर पापा को दी।

पापा ने गोली खा ली, फिर अचानक हंसने लगे, कहने लगे—तुम्हें एक बात बताना तो भूले ही जा रहा था...

—क्या?

—मैंने दिल्ली में तुम्हें किसी दोस्त से इंट्रोड्यूस नहीं कराया, सोचता था,

फिजूल में बात फैल जाएगी।

—पर सोफिया और राबर्ट जानते हैं।

—उनकी और बात है, वे मेरे नौकर हैं...पर यहां लंदन में शायद तुम्हें एक दोस्त से इंट्रोड्यूस कराऊं...शायद हम उसी के घर भी जाएं, वहां कहीं गलती से अपना नाम मीना शर्मा न बता देना...

—क्यों?—मीना कुछ हैरान हो गई।

मिस्टर मलिक फिर हंसने लगे—मैं मलिक, तो तुम मेरी बेटी शर्मा किस तरह हो गईं?

मीना को खुद भी हंसी आ गई, कहने लगी—वैसे तो मैं अपना नाम मीना ही लिखती हूं, साथ कुछ भी नहीं लिखती या कहती, फिर भी ध्यान रखूंगी...

—बस, सिर्फ मीना या मीना मलिक। ध्यान रखना।

मीना को पासपोर्ट पर लिखे हुए नाम का ध्यान आया, वहां मिस मीना शर्मा लिखा हुआ था, कहने लगी—पर पासपोर्ट पर लिखा हुआ है...

—हां—मिस्टर मलिक कहने लगे—जी तो करता था यहां भी बदलवा दूं, पर साथ ही तस्वीर होती है न, बाद में अगर कभी वैरीफाई करे तो तुम्हें कोई तकलीफ न हो...पर पासपोर्ट की कोई बात नहीं, वह कोई दोस्तों को दिखाना है?

और मीना ने धीरे से अपने होंठों में अपना नया नाम दुहराया—मिस मीना मलिक!

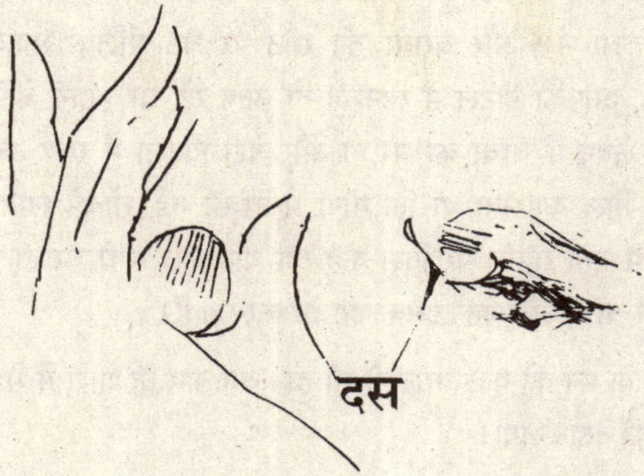

दस

लंदन के हवाई अड्डे पर मीना ने देखा, पापा का एक दोस्त उन्हें लेने के लिए आया हुआ है।

–यह मेरी बेटी, इकलौती बेटी मीना !—पापा ने जब मीना को उससे परिचित कराया तो वह अपने ज़हन में अपने नाम के साथ शर्मा शब्द हटाकर मलिक शब्द जोड़ रही थी। शायद इसलिए उसकी आंखें इतना बाहर की ओर नहीं देख सकीं, जितना अंदर की ओर, और उसका मुंह कुछ उतरा हुआ लगता था।

पापा मीना की ओर देखते हुए कह रहे थे–यह मेरा सबसे अज़ीज़ दोस्त है राजिन्दर गिल।–पर वह राजिन्दर गिल मीना से हाथ मिलाने के लिए अपना हाथ आगे बढ़ाते हुए कह रहा था–बड़ी प्यारी लड़की है, पर सफर में थक गई है–ऐसा लगता है...

बाहर राजिन्दर गिल की गाड़ी खड़ी थी। मीना और पापा जब अपना सूटकेस रखवाकर गाड़ी में बैठ गए तो पापा ने पूछा–क्यों भई गिल, कौन-सा होटल ठीक करोगे ?–और साथ ही कहने लगे-यह होटल शब्द पुरानी फ्रेंच के 'ओस्टल' शब्द से आता है, गिल ! मैंने शायद तुम्हें नहीं बताया कि मेरी बेटी फ्रेंच भी जानती है।

–बहुत खूब !–गिल ने गाड़ी ड्राइव करते हुए कहा, और गाड़ी के शीशे

में से, पिछली सीट पर बैठी हुई मीना की ओर देखते हुए कहने लगा–मैं तो मीना का चाचा हुआ न?–और बराबर की सीट पर बैठे मलिक साहब से कहने लगा–जनाब, आपको होटल में रहना है तो आप रहें, पर हमारी बेटी होटलों में नहीं रहेगी। लंदन में चाचा का घर हो और बेटी होटलों में रहे? नहीं, यह नहीं हो सकता।–गिल कह रहा था कि मीना घबरा-सी गई, सोचने लगी–नहीं, जहां पापा रहेंगे, मैं वहीं रहूंगी। पर गिल कह रहा था–पहले सीधे घर ही चलिए। घर पर तो इसकी चाची और बहनें इसका इंतज़ार कर रही हैं।

मीना के मन को कुछ तसल्ली-सी हुई। वह कार के शीशे में से बाहर लंदन की सड़कों को देखने लगी।

पापा भी उन सड़कों की ओर देखते रहे, फिर पीछे की ओर, पिछली सीट पर बैठी हुई मीना की ओर ध्यान मोड़कर कहने लगे–पुराने ब्रिटेन में रोमन सड़कों पर सिर्फ सरायें होती थीं–इंज़। तुम्हें मालूम है न कि यह 'इन' शब्द भी साधारण आई-एन इन से बना है–मतलब था भीतर जाने से। बाद में आई-डबल एन हो गया।–और गिल की ओर देखते हुए कहने लगे–न जाने क्यों, मुझे सरायों का युग बहुत आकर्षित करता है। काश, मैं उस युग में पैदा हुआ होता–मुझे ये कारें-शारें फिजूल लगती हैं, घोड़ों पर चढ़कर सफर करता, तब कुछ बात भी थी...

गिल हंसने लगा–हुजूर आप अब भी बादशाह हैं, उस समय भी होते तो न जाने क्या होते...

घर पहुंचे तो पत्नी से परिचय कराते हुए गिल ने मीना से कहा–यह तुम्हारी चाची है।–और अपनी पत्नी से कहने लगा–यह मेरे सबसे प्रिय मित्र हैं मलिक साहब, और यह इनकी बेटी। घर में दो छोटी लड़कियां थीं, पर एक बड़ी भी थी, मीना से कुछ ही छोटी। वह सुरिंदर थी, जिसे सब प्यार से सुरा पुकारते थे। वह मिनटों में मीना से घुल-मिल गई।

चाय का प्याला पीते हुए गिल की पत्नी ने मीना से पूछा–परसों तुम्हारे पापा का फ़ोन आया था, हमें यह तो पता था कि तुम आओगी, पर तुम्हारी माताजी नहीं आईं? उन्हें भी साथ ले आते...।

मीना ने कुछ परेशान-सी होकर पापा की ओर देखा, और उसकी जगह मलिक साहब ने ही जवाब दे दिया–इस बार इसे सैर करा दूं, उसे फिर कभी सही...

गिल की पत्नी सीधी-सादी साधारण औरत मालूम पड़ती थी, जवाब में कहने लगी–बस, यही आप मर्दों की अजीब बात है, खुद सारी दुनिया घूम आएंगे और सोचेंगे कि घरवाली घर के बाहर न जाए।–और अपने पति की ओर देखते हुए कहने लगी–यह भी हमें यहां कहां बुलाते थे! चाहते थे, मैं लड़कियों को लेकर वहां गांव में ही बैठी रहूं...मैं तो एक बरस हुआ लड़-भिड़कर आ गई हूं, अब बताओ, इन्हें क्या तकलीफ है?

वह शायद और भी दुख-सुख की बातें करती, पर मलिक साहब कुर्सी से उठ खड़े हुए, कहने लगे–चलो भई गिल, अब हमें किसी अच्छे-से होटल में पहुंचा दो।

मीना भी उठने लगी तो सुरा ने मीना का हाथ पकड़कर कहा–तुम यहां रह जाओ, हमारे पास, मैं तुम्हें बड़ी सैर कराऊंगी।

मीना ने पापा की ओर देखा, वह कह रहे थे–तुम्हारी मरज़ी है, मीना!

गिल की पत्नी मीना की बांह पकड़कर बोली–लो, अपना घर जो है, जवान-जहान लड़की होटलों में क्यों रहे! तुम यहीं रहो जी।

मीना ने फिर पापा की ओर देखा, वह कहने लगे–रह लो दो दिन, मैं कुछ काम-काज खतम कर लूं, फिर खाली होकर तुम्हें सैर कराऊंगा...

और मीना कुछ चुप-सी फिर उसी कुर्सी पर बैठ गई जिस पर से उठी थी।

गिल की पत्नी उससे बैठते समय पूछने लगी–सुनाओ, तुम्हारे कितने भाई-बहन हैं?

मीना का मन परेशान हो गया। उसे संदीप याद आया और उसके होते उसके मुंह से यह नहीं निकल सकता था कि उसके कोई भाई-बहन नहीं हैं। इसलिए कुछ परेशान-सी हाथ में लिए हुए पर्स को खोलकर उसमें ऐसे देखने लगी जैसे कुछ ढूंढ़ रही हो।

गिल से परिचय कराते समय पापा ने कहा था—मेरी इकलौती बेटी।–उनके

मुंह से यह ठीक था, पर मीना सोच रही थी, मेरे मुंह से यह नहीं निकल सकता कि मेरे कोई भाई नहीं...

गिल मलिक साहब से कह रहा था–ज़रा देर बैठिए, मैं फोन से पता कर लूं कि किस होटल में अच्छा कमरा मिल सकता है।–पर उसने शायद अपनी पत्नी की बात भी सुन ली थी, कहने लगा–अभी तुम्हें बताया जो था कि यह मलिक साहब की इकलौती लड़की है...

मीना जवाब देने से बच गई। गिल बराबर के कमरे में फोन करने चला गया तो मीना को पर्स में टटोलने से दवा की वह शीशी मिल गई जो उसे याद से पापा को दिन में तीन बार एक-एक गोली खिलानी थी। शीशी को पर्स से निकालकर उसने पापा को देते हुए कहा–पापा, यह आपकी दवा।

पापा को भी कुछ याद आ गया, उन्होंने जेब में से बटुआ निकालकर तीस पाउंड मीना को दिए। कहा–यह अभी रखो, फिर बैंक से निकलवाकर तुम्हें और दे दूंगा।

मीना ने नोट ले लिए, पर उन्हें पर्स में रखते हुए सोचने लगी–मैं क्या खरीदूंगी? जो कुछ भी खरीदूंगी, उसे घर किस तरह ले जाऊंगी...

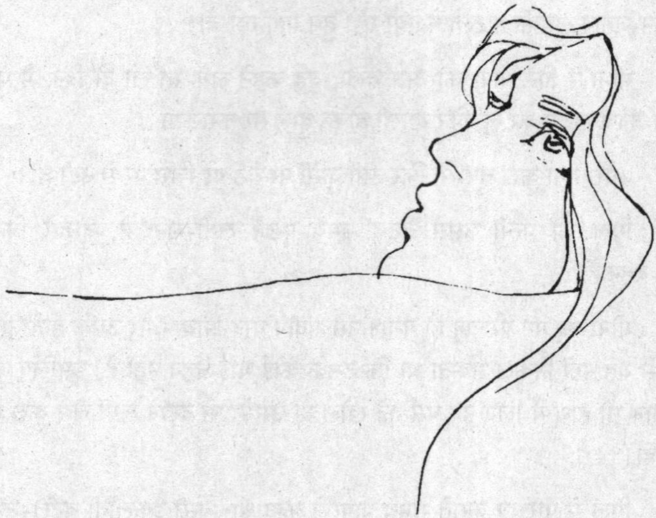

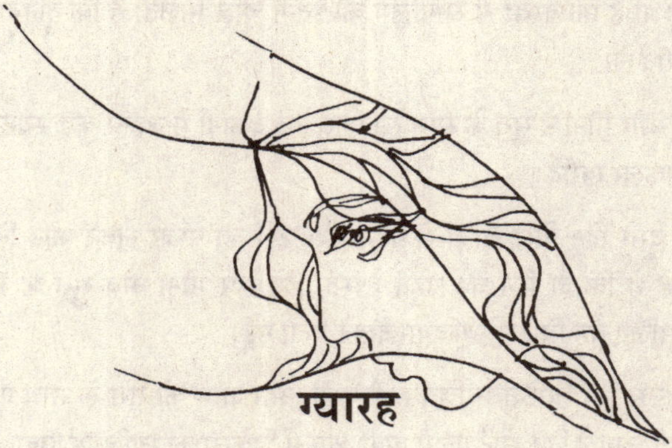

ग्यारह

उस दिन दोपहर बाद सुरा मीना को शहर ले गई–आक्सफोर्ड स्ट्रीट की दुकानें मीना को चकाचौंध करती रहीं। सुरा ने 'मार्क एंड स्पेन्सर' के अंदर जाकर कुछ नई तरह के स्वेटर और स्लैक्स मीना को दिखाए, पर मीना ने खरीदा कुछ नहीं। उसे एक अजीब बेबसी का एहसास हो रहा था–ज़िंदगी में पहली बार यूरोप आई हूं, शायद आखिरी बार–पर किसी के लिए एक छोटी-सी निशानी तक भी नहीं ले जा सकती...

एक दुकान में अजीबोगरीब तस्वीरें थीं। और उनमें एक कैलेंडर था, जिसमें एक सुंदर स्त्री इस तरह बैठी हुई थी–घुटनों के बल–कि उसके एक पैर का तलवा भी सामने की ओर था, और सारी पीठ नंगी थी। तलवे पर साल लिखा हुआ था, और सारी पीठ पर साल की तारीखें।

मीना से रहा न गया, उसने दलीप के लिए एक पाउंड का वह कैलेंडर खरीद लिया।

सोचा–चाहे यही कहना पड़े कि यह कैलेंडर उसने बम्बई में खरीदा था, पर वह इसे खरीदेगी अवश्य।

और साथ ही उसे खयाल आया कि इसी तरह मैं संदीप के लिए, अपने लिए, मां के लिए कुछ तो खरीद ही सकती हूं। कह दूंगी, सब कुछ बम्बई से खरीदा है।

सुना हुआ है कि बम्बई में स्मगलिंग की इतनी चीज़ें मिलती हैं कि दुनिया का कुछ भी खरीद लो...

और मीना ने सुरा के साथ लौटकर कुछ दुकानों में जाकर कुछ स्वेटर, स्लैक्स और मफलर खरीदे।

दूसरे दिन गिल चाचा से पापा के होटल का नम्बर लेकर फोन किया। वह कह रहे थे कि दो दिन वह बहुत व्यस्त रहेंगे। पर मीना अब सुरा के साथ खुश थी, इसलिए वह ब्रिटिश म्यूज़ियम देखने चली गई।

उस दिन ब्रिटिश म्यूज़ियम भी देखा, और शाम को सुरा के साथ एक फिल्म भी देखी, अगले दिन आर्ट गैलरी देखी, चार्ल्स डिकेन्स का म्यूज़ियम देखा, और शाम को पापा को फोन किया। वह कह रहे थे कि कल वह ज़रूर आएंगे और उसे वह जगह दिखाएंगे, जहां शेर खुले रखे जाते हैं।

अगले दिन पापा आए।

उस दिन गिल ने काम पर से छुट्टी ले ली थी। वह मीना, सुरा और छोटी दोनों लड़कियों को लेकर वह जगह देखने के लिए गए, जहां शेर खुले फिरते थे।

मीना के लिए वह सबसे अजीब अनुभव था–ऊंचे लोहे के तारों की जालियां अवश्य थीं, पर अंदर एक पूरा जंगल फैला हुआ था, जिसमें कई शेर खुले फिर रहे थे।

यहां केवल एक आदेश था कि कार किसी जगह खड़ी न की जाए, धीमी भले ही कर ली जाए, और कार के सारे शीशे बिलकुल बंद रखे जाएं।

मीना को हंसी-सी आ गई–शेर खुले फिर रहे हैं, सिर्फ मनुष्य कारों के पिंजड़ों में बंद हैं...

एक शेर धीरे-धीरे चलता हुआ जब धीमी गति से चल रही कार के शीशे के पास आ गया–शीशा चाहे बंद था, पर शेर की दहशत, शेर की दहशत होती है–मीना ने, जो पिछली सीट पर बैठी हुई थी, अगली सीट पर बैठे हुए पापा के कंधे को कसकर पकड़ लिया।

पापा हंस पड़े। दाहिने कंधे पर पड़े मीना के हाथ को उन्होंने अपने बाएं हाथ से दुलारते हुए कहा–माई इन्नोसेंट बर्ड।

मीना ने कुछ चौंककर अपना हाथ पापा के कंधे पर से उठा लिया।

कानों में एक खड़का-सा हुआ–वहां दिल्ली में, पापा के होटल में जब एक फोन आया था, गलत नम्बर था, पर उस फोन करने वाले ने फोन बंद करने से पहले कहा था–न्यू बर्ड...

न्यू बर्ड...इन्नोसेंट बर्ड...

मीना को किसी अपरिचित व्यक्ति से सुने हुए ये शब्द इतने बुरे नहीं लगे थे, जितने पापा के मुंह से।

वापसी पर सारे रास्ते मीना कुछ चुप-सी रही। पर गिल के घर जब गिल और पापा, मीना, सुरा और छोटी लड़कियों को उतारने लगे, तो मीना ने एक ओर को होकर पापा से कहा–मैं यहां बहुत दिन नहीं रहूंगी, मेरा जी घबराता है।

–तुम्हें होटल में कमरा ले दूं?–पापा ने पूछा।

–नहीं, मैं वापस जाऊंगी।

–अभी तो मुझे तुमको पेरिस दिखाना है।

–नहीं, मैं वापस जाऊंगी।

पापा कुछ देर सोचते रहे, फिर कहने लगे–अच्छा, जैसा तुम चाहो। और बटुए में से बीस पाउंड निकालकर मीना के पर्स में डाल दिए। कहा–कुछ शॉपिंग कर लेना।

मीना कुछ आश्वस्त-सी, अंदर, सुरा के कमरे में चली गई। गिल के इस मकान में नीचे दो कमरे थे–एक बैठक, एक सोने का कमरा, और लकड़ी की छोटी-सी सीढ़ियां चढ़कर दो कमरे ऊपर की मंज़िल पर थे, एक सुरा का, एक दोनों छोटी लड़कियों का। मीना सुरा के कमरे में रहती थी।

सुरा शायद गुसलखाने में थी। मीना अकेली कमरे में खड़ी, कमरे की पिछली

खिड़की में से, मकानों के पिछवाड़े के बगीचे देखने लगी।

बराबर के मकान के बगीचे में एक छोटा-सा बच्चा फूलों से खेल रहा था, पर शाम की ठंड उतर आई थी, और उसकी मां उसे एक स्वेटर और पहनाते हुए, ज़बरदस्ती उठाकर अंदर कमरे में ले जा रही थी।

न जाने क्यों, मीना को कमरे में खड़े हुए भी बड़ी ठंड लगने लगी।

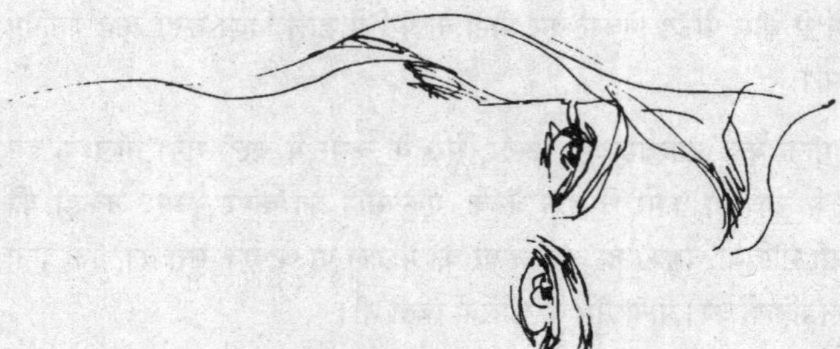

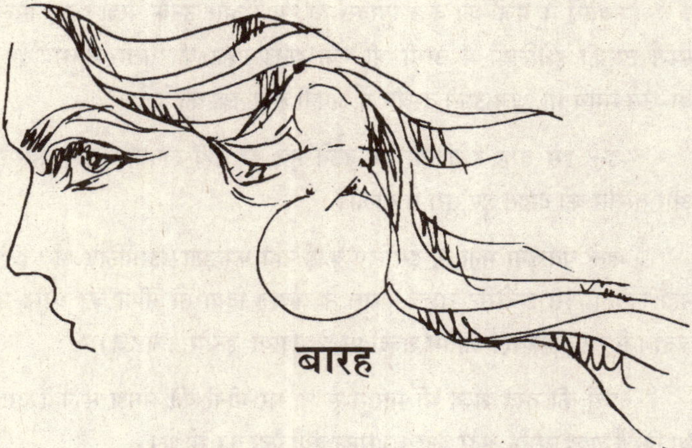

बारह

आर्ट गैलरी बहुत बड़ी थी, पिछली बार मीना पूरी नहीं देख सकी थी। आज उसके कहने से सुरा उसे फिर वहां ले गई।

बाहर वह चौक था जहां लोग कबूतरों को हथेली पर चुग्गा चुगवाते हैं। मीना और सुरा भी कितनी ही देर तक इस चौक में खड़ी रहीं। देखा–एक छोटी-सी दुकान से लोग बाजरे के दाने जैसा कुछ खरीद रहे हैं और फिर उसके कुछ दाने हथेलियों पर रखकर खड़े हो जाते हैं। कबूतर उड़ते हुए आते हैं, हथेलियों पर पंजे टिकाकर हथेलियों पर से दाने चुगते हैं, और कई कबूतर उड़ते-उड़ते लोगों के सिर पर भी बैठ जाते हैं।

वहां फोटो खींचने के लिए कुछ फोटोग्राफर भी खड़े हुए थे, जिनसे लोग कबूतरों को हथेलियों पर चुग्गा चुगवाते हुए अपनी तस्वीरें खिंचवा रहे थे। मीना का जी किया कि वह ये दाने खरीदे, कबूतरों को चुग्गा चुगवाए और एक यादगारी तस्वीर भी खिंचवाए।

एक विचार हमेशा उसके सामने रहता था–क्या फायदा? किसे दिखाऊंगी? इस समय भी आया, पर जी नहीं माना। उसने दाने खरीदे, सुरा को भी दिए, अपनी हथेलियों पर भी रखे और जब कबूतरों के झुरमुट ने घेर लिया, उसने अपनी तस्वीर खिंचवाई।

कबूतरों के पंजों का कुछ खुरदरा-सा स्पर्श और उनके पंखों का कोमल-सा स्पर्श उसकी हथेलियों में अभी भी एक झनझनाहट की तरह अनुभव हो रहा था–उस समय भी, जब उसने तस्वीर में अपनी हथेलियों को देखा।

–इन्हें इस तरह हथेलियों पर बैठते हुए डर नहीं लगता!–मीना हंसते हुए और तस्वीर को देखते हुए सुरा से बोली।

–इन्हें पकड़ना मना है, इसलिए कोई नहीं पकड़ता। इसीलिए अब इन्हें डर नहीं लगता–वेरी इन्नोसेंट बड्र्ज़।–सुरा ने जवाब दिया तो मीना का ध्यान उसके जवाब से हटकर केवल अंतिम शब्दों पर टिक गया–इन्नोसेंट बड्र्ज़।

अर्थों की तरह शब्द भी मासूम-से थे, पर मीना की समझ में नहीं आ रहा था कि ये शब्द उसके अंदर कुछ घबराहट क्यों पैदा कर रहे थे।

वह अपने-आपको समझाती रही–कल सिर्फ पापा के मुंह से यह बात निकली होती तो कोई बात नहीं थी, यह केवल इसलिए...खामखाह...अजीब लग रही है, क्योंकि उस दिन किसी शरारती आदमी ने उसे फोन पर 'न्यू बर्ड' कहा था।

पर कहीं कुछ था, जो पकड में नहीं आ रहा था। ये दोनों आवाज़ें-एक 'न्यू बर्ड' कहने वाली, और एक 'इन्नोसेंट बड्' कहने वाली, कहीं, किसी तरह जुड़ती हुई-सी थीं...

पर मीना को वह जगह कहीं दिखाई नहीं दे रही थी जहां वे आवाज़ें जुड़ती थीं।

उस शाम मीना ने घर जाकर पापा के होटल फिर फ़ोन किया, पर पापा होटल में नहीं थे।

सुरा की मां नीचे रसोई में रात का खाना पका रही थी, छोटी लड़कियां ऊपर अपने कमरे में स्कूल की किताबें पढ़ रही थीं, बैठक में सुरा आराम से बैठी हुई टेलीविज़न देख रही थी, उसके पापा का अभी-अभी फोन आया था कि वह रात को कुछ देर से आएंगे, पर आते समय फल और मछली लेते आएंगे...और उस छोटे-से घर में वह छोटा-सा परिवार बड़ा खुश दिखाई दे रहा था ..

मीना को लगा, जैसे अपने घर से आए हुए बरसों हो गए हों...

सुरा ने उसे कुछ उदास-सा देखा, कहा–चलो, एक फ़िल्म देख आएं, साथ ही मैं तुम्हें ट्यूब में नहीं लेकर गई हूं, चलो, तुम्हें वह भी दिखाऊं।

–ट्यूब ?

–ज़मीन के नीचे चलने वाली रेल। कार में या बस में जाना और बात होती है, पर ज़मीन के नीचे चलने वाली रेल में सफर करना और बात होती है...

और सुरा मां से कहकर, जब मीना को लेकर पास के स्टेशन गई, मीना ने कहा–सुरा, फिल्म बाद में देखेंगे, पहले तुम मुझे पापा के होटल ले चलो।

–चलो, होटल भी पिकैडिली में है, बाद में वहीं फिल्म भी देख लेंगे–सुरा ने कहा, और पिकैडिली के टिकट लेकर दोनों ज़मीन के नीचे चलने वाली रेल में बैठ गईं।

पिकैडिली की रौनक ने मीना का कुछ ध्यान अपनी तरफ लगाए रखा, पर सिर्फ थोड़ी देर के लिए, जितनी देर होटल ढूंढ़ने में लगी।

अंदर रिसेप्शन से पता किया, पर पता लगा, कमरे की चाभी वहां रिसेप्शन में ही टंगी हुई है। रिसेप्शनिस्ट कह रहा था–मैसेज़ लिखकर रख दीजिए। राणाजी आज सवेरे से बाहर गए हुए हैं।

'राणाजी'...शब्दों के साथ ही मीना के सिर में चक्कर-सा आ गया।

सुरा कह रही थी–चलो, पहले फिल्म देखें। शायद उतने देर में अंकल आ जाएंगे...

पर मीना का ध्यान न फिल्म की ओर था, न और किसी चीज़ की तरफ। उसे दिल्ली में होटल के कमरे में आया हुआ रौंग नम्बर याद आ गया था–दिस इज अर्जेंट, गेट मी राणाजी।

सुरा उसकी बांह को खींचते हुए होटल के बाहर आ गई मीना ने कुछ संभलकर सोचा–मैं भी पागल हूं, उस फोन की बात तो मैंने पापा से की ही नहीं,

क्या मालूम उन्हें कुछ लोग मलिक साहब की जगह राणाजी कहते हों–और मैंने ऐसे ही 'रौंग नम्बर' कहकर फोन बंद कर दिया था...

पर साथ ही मीना को खयाल आया–अगर वह फोन पापा के किसी दोस्त का था तो उसने उसे 'न्यू बर्ड' क्यों कहा था!

मीना का फिल्म देखने को जी नहीं किया। दोनों कुछ समय वैसे ही पिकैडिली में घूमती रहीं। फिर होटल में आकर फिर पता किया, पर पापा अभी नहीं आए थे। सो, दोनों वापस साउथाल चली गईं।

रात को कोई दस बजे के बाद पापा का फोन आया–मीना, तुम यहां आई थीं? क्या बात है बेटी?

–कुछ नहीं–पहले मीना के मुंह से निकला। फिर वह अपनी खामोशी तोड़ते हुए कहने लगी–हम वापस कब जाएंगे?

पापा ज़रा-सा चुप रहे, फिर कहने लगे–तुम वापस जाना चाहती हो?

–हां, जितनी जल्दी हो सके।

पापा कहने लगे–पर, मैंने सोचा था, यहां डॉक्टर बहुत अच्छे हैं, मैं अपना चेक-अप भी करवा लूं।

मीना को यह कहना भी, और सोचना भी, बुरा लगा कि पापा उसकी खातिर अपना इलाज भी न करवाएं और वापस चले चलें, इसलिए कुछ देर सोचती-सी रही, फिर कहने लगी–आप चेक-अप करवा लीजिए, शायद बहुत दिन लगेंगे, पर मैं...मैं चली जाऊं?

मीना ने यह बात कह दी, पर लगा, ठीक नहीं कहा। मन में आया–पापा क्या सोचेंगे, उन्होंने मुझे लंदन दिखाने के लिए इतना खर्च किया, और मैं उन्हें अकेला बीमार छोड़कर वापस जाना चाहती हूं...

पर फोन में से पापा की जो आवाज़ सुनाई दी, वह इस तरह सोचती हुई नहीं लगती थी। वह कह रहे थे–अगर तुम माइंड न करो, अकेली चली जाओ, तो मैं

परसों के लिए सीट की बुकिंग करा दूं?

मीना के मन को एक चैन-सा आ गया। आवाज़ खुश-सी हो गई–हां, पापा, परसों की सीट करवा दीजिए।–और फिर हंसते हुए कहने लगी–पापा! लोग आपको राणाजी भी कहते हैं, आपने मुझे बताया क्यों नहीं?

उधर से पापा की भी हंसती हुई-सी आवाज़ आई–लोग मुझे कई नामों से पुकारते हैं–हुजूर, सर, राणाजी...इसमें खास बात क्या है?

और उस रात सोने से पहले मीना सुरा से कितनी ही देर तक दलीप की बातें करती रही। आज उसका मन चैन से और दलीप से भरा हुआ था।

दूसरे दिन मीना खुश थी, इसलिए सुरा उसे एक फिल्म दिखाने ले गई।

रास्ते में सुरा पूछने लगी–यहां एक फ्रेंच फिल्म चल रही है, जिसमें वह... ।–और सुरा ने हंसते-हंसते मीना के कान में कुछ कहा।

मीना हंस पड़ी, पर कहने लगी–मैं वैसी फिल्म नहीं देखूंगी, देखते हुए मुझे शरम आएगी।–और सुरा से पूछने लगी–तुमने पहले देखी है?

सुरा हंसने लगी–एक बार एक लड़की के साथ चोरी से देखने गई थी, घर पर मां को नहीं बताया था।–और सुरा का मुंह लाल शोख गुलाबी हो गया। कहने लगी–पहले तो आदमियों को नंगे देखकर मेरी चीख निकलने को हो गई थी... सचमुच वह... ।–और सुरा ने फिर मीना के कान में कुछ कहा।

मीना का जी घिनिया-सा गया। कहने लगी–नहीं, मैं वह नहीं देखूंगी। पर मैंने सुना है कि स्कैंडिनविया की फिल्में बहुत अच्छी होती हैं। अगर कोई चल रही हो तो देखें।

–पर हमारी समझ में वह फिल्म कैसे आएगी, वह ज़बान तो हम नहीं समझते।

–अगर उसके टाइटिल अंग्रेज़ी में लिखे हों, या वह अंग्रेज़ी में डब हो, तो समझ में आ जाएगी।

दोनों लड़कियों ने पूछताछ कर एक स्वीडिश फिल्म का पता चला लिया और फिल्म देखने लगीं।

ये फिल्में, कई जगहों पर, लगातार चलती रहती हैं। जब किसी की मरजी हो हॉल से उठकर चला जाए, और जब मरज़ी हो फिर आ जाए। फिल्म खतम होने पर फिर शुरू हो जाती है, इसलिए कोई चाहे तो कई घंटे उस फिल्म को बार-बार देख सकता है।

यह फिल्म अखबार में छपी एक घटना पर बनाई गई थी, खबर थी एक फौजी और एक सरकस में काम करने वाली लड़की, दोनों भाग गए हैं, और पुलिस उनका पीछा कर रही है।

फौजी किसी और देश का है और विवाहित है। इसलिए न फौज की नौकरी छोड़ सकता है और न घर की बीवी को छोड़कर कहीं जा सकता है। जब वह सरकस की उस लड़की को लेकर भाग जाता है जिसे वह प्यार करता है, तो पुलिस उसका पीछा करने लगती है। बस जितने दिन वे दोनों दुनिया से भागे हुए इस दुनिया में जीते हैं, फिल्म सिर्फ उन्हीं दिनों के विवरण की थी।

मीना की आंखें भर-भर आईं, जिस समय फौजी के एक दोस्त ने उन दोनों को ढूंढ़ लिया। और लड़की को समझाया कि तुम्हारी खातिर इसने अपने देश के साथ गद्दारी की है, तुम इसे वापस इसके देश जाने दो, तो लड़की ने अपनी हथेली उसके आगे रखकर कहा–देखो, मेरी हथेली पर सारी दुनिया का नक्शा है। मेरी मां जर्मन थी, पिता डेनिश, मां की मां अमरीकन, और पिता का पिता बरतानवी। और मेरे दोस्त-मित्र इतालवी भी, फ्रांसीसी भी। सारी सरहदें मेरी हथेली पर बिछी हुई हैं। और मुझे सारी हथेली की ज़रूरत है, सारे हाथ की। मैं उसे कहां जाने दूं?

मीना को लगा–सारी दुनिया उस लड़की की हथेली के नीचे आ गई थी।

और मीना को यह फिल्म देखते हुए फिल्म वाले जवान फौजी की जगह सारे समय दलीप का मुंह दिखाई देता रहा। सोचती रही–मेरी हथेली में भी दिल्ली की बम्बई की और लंदन की सारी हदें-सरहदें, लकीरों की तरह पड़ी हुई हैं...ये सारे शहर और सारे देश मेरे हैं–अगर पापा लंदन हैं तो लंदन मेरा है, अगर दलीप दिल्ली हे

तो दिल्ली मेरी है...

दूर देशों की घटनाएं भी कब किसी जगह पर और कैसे रिल-मिल जाती हैं! मीना ज़िंदगी की हैरानी को सामने पर्दे पर भी देखती रही और भीतर अपने मन में भी। लगा—वे दोनों भी आगे-आगे दौड़ रहे हैं, और कानून पीछे-पीछे। मैं भी दिल्ली से कितनी दूर यहां लंदन आ गई हूं, और एक कानून मेरे पीछे लगा हुआ है...जिसे पापा कह रही हूं, कानून उसे पापा नहीं कहने देता...

और मीना को जो यकीन आज तक नहीं आया था, वह आ गया—अगर दलीप सचमुच मुझे प्यार करता है तो मेरे मन की हालत ज़रूर समझ जाएगा। मैंने उससे जितना भी झूठ बोला है, उसे वह झूठ नहीं समझेगा।

तेरह

और उसके अगले दिन अंधेरे मुंह पापा आए। उनके हाथ में मीना का वापसी टिकट था।

–सीट बुक हो गई?–मीना हैरान भी थी, खुश भी।

–मेरी बेटी ने चाहा और सीट न मिले, यह किस तरह हो सकता है!

मीना को अपना-आप पापा के सामने अनजान-सी बच्ची की तरह लगा। पापा को इस तरह भगदड़ में डालने के कारण वह कुछ शर्मिंदा-सी भी हुई। धीरे से मुंह से निकला–सॉरी पापा!

पापा ने उसके कंधे पर हाथ रखकर तसल्ली-सी दी–आई अंडरस्टैंड...

मीना को लगा, जैसे उसका अपना-आप और छोटा हो गया हो।

पापा कह रहे थे–मैं आज किसी समय राबर्ट को फोन कर दूंगा, वह तुम्हें दिल्ली एयरपोर्ट से ले जाएगा। बाहर जहां गाड़ियों की पार्किंग है, वहां उसे ढूंढ़ लेना।

–अच्छा।–मीना ने धीरे से कहा। पापा उसका कितना खयाल रख रहे हैं, इस बात के नीचे उसकी आवाज़ कुछ दबती-सी जा रही थी।

–हां, सच।–पापा ने कुछ याद करते हुए कहा–अगर पासपोर्ट अपने पास रखने में तुम्हें परेशानी हो, तो वहां राबर्ट को दे देना, वह संभालकर रख लेगा।

–अच्छा।

–फिर उठो, जल्दी तैयार हो जाओ, एयरपोर्ट जाने का समय हो गया है।

मीना के पास दो सूटकेस थे, एक जो घर से लेकर आई थी, और दूसरा जो वहां पापा ने खरीदकर और सब गर्म कपड़े उसमें डालकर उसके लिए लाकर दिया था। मीना ने जल्दी से, जो थोड़ा कुछ बिखरा हुआ था, वह पैक किया।

पापा ने दोनों सूटकेस गिल की कार में रखवाते हुए और घड़ी की ओर देखते हुए मीना से कहा–सॉरी! मेरा डॉक्टर से एपायंटमेंट है, मैं एयरपोर्ट नहीं जा सकूंगा...गिल तुम्हें छोड़ आएगा, और यह तुम्हारी सहेली तुम्हारे साथ जाएगी।

सुरा रूठी हुई-सी खड़ी थी, कहने लगी–अंकल, मैं आपसे नहीं बोलती, आपने इतनी जल्दी क्यों मीना की सीट बुक करवाई है?

मीना प्यार से सुरा के गले से लिपट गई, और उसकी बांह खींचते हुए उसे कार में बिठाते हुए कहने लगी–अब तुम जब दिल्ली आओगी, मेरे पास बहुत सारे दिन रहना।

साथ ही मीना के मन में एक विचार आया–अगर कभी सुरा सचमुच दिल्ली आ गई तो फिर क्या होगा? पर वह अभी दूर की चिंता थी, पास की नहीं। सो, मीना सुरा को हंसाते हुए आप भी हंसने लगी। साथ ही खयाल आया–मेरा एड्रेस तो सुरा को मालूम नहीं है, वह आएगी किस तरह..

गिल चाचा गाड़ी चलाने लगे तो मीना ने कार से उतरकर पापा के कंधे के पास सिर रखकर कहा–आप जल्दी आ जाएंगे न?

–हां, जल्दी ही।–और पापा ने मीना के कान में धीरे से कहा–फिर तुम मेरे पास बम्बई आना, तुमने वहां का अपना घर तो देखा ही नहीं।

मीना हंसते हुए जब गाड़ी में बैठने लगी तो पापा ने कहा–हां, सच, तुम्हारे

सूटकेस तो बड़े हलके-से होंगे, मुश्किल से पंद्रह-सोलह किलो...मेरे पास आते समय बहुत सामान हो जाएगा, यह एक किताब बड़ी भारी है-साइकॉलॉजी की, इसे तुम ले जाओ, वहां जाकर राबर्ट को दे देना। वह संभालकर रख लेगा।

मीना ने किताब ले ली और पापा को चलती हुई कार में से हाथ हिलाकर, क्षमा-सी मांगती हुई विदा कही।

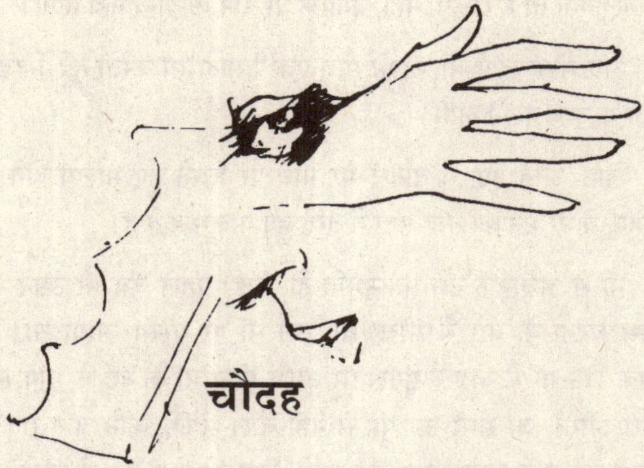

चौदह

लंदन एयरपोर्ट से मीना ने कुछ किताबें खरीदीं।

इनमें सबसे बड़ी किताब 'वर्ल्ड माइथॉलॉजी' थी, पर दो छोटी किताबें एरिक हाफर की 'टू बिलीवर' और हेनरी मिलर की 'विज़्ड्म ऑफ हार्ट' ऐसी किताबें थीं जो दलीप मुद्दत से खोज रहा था और उसे दिल्ली में कहीं भी नहीं मिल रही थीं।

कल जब से उसने स्वीडिश फिल्म 'ऐलवरा' देखी थी, उसका अपने ऊपर और दलीप के ऊपर बहुत गहरा विश्वास हो गया था। अब अपना सब कुछ दलीप को बता देना उसे कठिन नहीं लग रहा था। लग रहा था–वह मां की ज़िंदगी का भेद भी उसे आसानी से बता सकती थी, और अपना यह लंदन का सफर भी।

ज़िंदगी की घटनाओं को देखने की एक नज़र थी जो मीना को लग रहा था कि सचमुच बहुत विस्तृत हो गई थी।

हवाई जहाज़ में खिड़की वाली सीट पर बैठते हुए मीना को किसी किताब में पढ़ा हुआ यह वाक्य याद आ गया–कोई भी मनुष्य इस योग्य नहीं है कि उसके लिए रोया जाए। अगर आपका महबूब अच्छा है तो वह आपको कभी रुलाएगा नहीं, और अगर वह रुलाता है, तो वह अच्छा नहीं है, इसलिए रोने के योग्य नहीं है। और मीना को लगा–इस वाक्य को उसने जैसे आज समझा है, पहले वह इसे ऐसे नहीं समझी थी। दलीप बहुत अच्छा है, वह मुझे कभी नहीं रुलाएगा। और

अगर रुलाएगा तो मैं रोऊंगी नहीं, क्योंकि वह रोने के योग्य नहीं होगा।

और मीना ख़ुश-सी, अपने साथ एक फैसला-सा करती हुई, खिड़की से बाहर बादलों के दृश्य देखने लगी।

लगा–आते हुए, ये बादल मेरे माथे पर घिरते हुए मालूम होते थे, पर अब जाते हुए, ये मेरे मन की तरह हवा में तैरते हुए मालूम होते हैं।

मां से अचानक उसे सहानुभूति हो आई। पहले जब भी उसने मां के जीवन की इस घटना के बारे में सोचा था, उसे मां पर गुस्सा आया था। उसने सोचा था–एक दिन मां से खूब लड़ूंगी। पर आज मीना मां के दर्द से भीग-सी गई।–एक बिचारी औरत, जो सारी उम्र मुंह से नहीं बोल सकी...कौन जाने रात के अंधेरे में उसे क्या-क्या याद आता होगा और उसके दिल को क्या-क्या होता होगा...

देसराज पापा से भी अधिक उसे हरबंसलाल पापा के लिए अचानक एक मोह-सा हो आया–जिसे मालूम हो कि यह लड़की मेरी नहीं है, पर सारी उम्र उसे बेटी की तरह प्यार करता रहा हो...। मीना का मन, मोह में भीगा हुआ, अपने शहर की और अपने घर की दहलीज़ों को देखने के लिए व्याकुल हो उठा।

पहले भी उसे लौटने की जल्दी थी, पर एक भय-सा भी उसके अंदर घिर रहा था। इस समय एक मोह उसके अंदर घिर आया था।

जब लंच दिया गया, मीना ने खिड़की की तरफ से ध्यान हटाया, तो पास की सीट पर बैठी हुई एक पंजाबी महिला उससे बातें करने लगी–बेटा, अकेली हिंदुस्तान जा रही हो?

मीना ने हंसकर 'हां' में सिर हिलाया।

–क्या नाम है तुम्हारा?

–मिस मलिक।

मीना को आप ही अपने ऊपर आश्चर्य हुआ कि उसके स्वर में इस समय कोई झिझक नहीं थी। भले ही सामने उसके पर्स में पड़े हुए उसके पासपोर्ट में मिस शर्मा लिखा हुआ था, तो भी उसने अपना नाम बताते हुए मिस मलिक कहा था।

इस समय जिस पापा ने उसे प्यार से इस तरह दुनिया दिखाई थी, उसकी बात से जुड़े रहना उसे अपना कर्तव्य जान पड़ रहा था।

पास की सीट पर बैठी हुई वह औरत पूछ रही थी–तुम्हारे पिता विलायत में होंगे न, और मां वहां हिंदुस्तान में?

मीना ने हंसकर 'हां' में सिर हिला दिया।

औरत कह रही थी–और हिंदुस्तान ब्याह कराने जा रही हो?

मीना ने फिर हंसकर 'हां' में सिर हिलाया।

वह कह रही थी–लड़का क्या करता है?

–कालिज में लेक्चरर है।–मीना ने कहा।

उसने फिर पूछा–बहन-भाई कितने हैं?

–एक भाई।–मीना ने कहा, और उसकी बातों से आकुल-सी होते हुए मन में सोचने लगी–लोग गिनती के रिश्तों को ही पूछकर सोचते हैं, बस इंसान को जान लिया...उम्र देख ली, शक्ल देख ली, तनख्वाह पूछ ली, और कुछ रिश्तेदार गिन लिए...बस...

और मीना लंच के बाद 'वर्ल्ड माइथॉलॉजी' पढ़ने लगी।

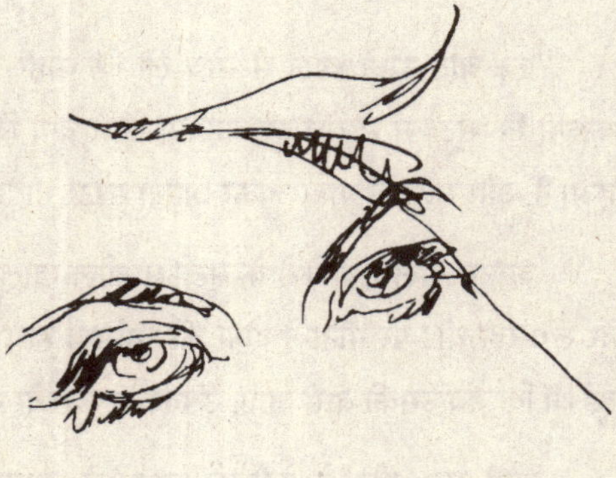

पंद्रह

—हवाई जहाज़ दिल्ली उतरने वाला है।—जब एनाउंस हुआ तो लोग सेफ्टी-बेल्ट बांधने लगे।

फिर एक रस्मी धन्यवाद-सा भी हुआ, आगे भी कभी इस प्रकार यात्रा करने की आशा-सी भी व्यक्त की गई, पर मीना सब कुछ इस प्रकार अचरज से देख रही थी मानों उसे यह अचरज पहली और अंतिम बार देखना हो।

हवाई जहाज़ से उतरकर कस्टम में रुकना था। मीना खड़ी रही, पर इस समय वह केवल यह सोच रही थी कि यह समय बम्बई से किसी गाड़ी के आने का है या नहीं...

एक बात उसने ध्यान से सोच ली कि बाहर जाकर सबसे पहला काम यह करूंगी कि सूटकेस से बंधे हुए वह टैग उतार दूंगी जिन पर 'लंदन-दिल्ली' लिखा हुआ है, और साथ ही बाहर जाकर अपना स्वेटर भी उतार दूंगी।

कस्टम वाले मुसाफिरों के सूटकेस खोल-खोलकर देख रहे थे, इसलिए बहुत देर लग रही थी। पर मीना ने दोनों की चाभियां हाथ में लेकर इस तरह तैयार रखी हुई थीं कि जब उसकी बारी आए, उसकी तरफ से देर न हो।

बारी आई, मीना ने दोनों सूटकेस खोले, कस्टम वालों ने दो नये स्वेटर, एक

स्लैक्स और दो मफलर देखकर पूछा–इन कपड़ों और इन किताबों के अलावा कोई कैमरा, ट्रांजिस्टर, टेपरिकार्डर या टेलीविज़न... ?

मीना के पास ऐसी कोई चीज़ नहीं थी, इसलिए जल्दी ही उसके सूटकेसों पर मार्किंग हो गई, और वह दोनों हाथों में सूटकेस लिए हुए बाहर आकर राबर्ट को ढूंढ़ने लगी।

राबर्ट कहीं दिखाई नहीं दे रहा था। वह टैक्सी लेने ही वाली थी कि खयाल आया-पापा ने कहा था, जहां कारों की पार्किंग होती है वहां राबर्ट को ढूंढ़ लेना।

मीना दोनों सूटकेस उठाकर उधर चल दी जहां कारों की पार्किंग थी। वहां सचमुच उसका इंतज़ार करते हुए राबर्ट मिल गया, और मीना ने अपने सूटकेस कार में रखते हुए, याद से, उन पर से दोनों टैग उतार लिए।

कार जब बाहर सड़क पर आ गई तो मीना ने पूछा–सोफिया कहां है ?

–वह तो उसी दिन बम्बई चली गई थी, जिस दिन सवेरे आप लंदन गई थीं। साहब उससे उसी दिन डीलक्स से बम्बई जाने के लिए कह गए थे।–राबर्ट ने बताया और साथ ही यह भी बताया–कल साहब का फोन आया था कि मैं एयरपोर्ट से आपको ले जाऊं।

–हां, मुझे मालूम है।

–पर आज सवेरे साहब का फोन आया है कि वह भी वापस आ रहे हैं दिल्ली नहीं उतरेंगे, सीधे बम्बई आ जाइए।

–कौन, मैं ?–मीना ने हैरान होकर पूछा।

–मुझे उन्होंने अभी दिल्ली रहने के लिए कहा है, यहां कुछ काम है, पर आप चली जाइए, कार ले जाइए।

मीना को यह सब बात अजीब-सी लगी, कहने लगी–पर, कल तो उनका चेक-अप था, उनको अभी और कुछ दिन वहां रहना है...

राबर्ट बताने लगा—वह कह रहे थे, चेक-अप हो गया है। वह शायद आज

ही वहां से चल देंगे, कल सवेरे बम्बई पहुंच जाएंगे। आप आज ही दिल्ली से चलें तो परसों बम्बई पहुंचेंगी।

–मैं ! मैं कैसे जा सकती हूं?–मीना परेशान-सी हो गई।

–क्यों? आपको ड्राइविंग आती है, आपका ड्राइविंग लाइसेंस भी मैं ले आया हूं, यहीं मेरे पास है।–और राबर्ट ने मीना का ड्राइविंग लाइसेंस उसे दे दिया।

–पर मैं अकेली?–मीना के गले में उसका सांस सूखने लगा।

–आप कहें तो मैं अपने छोटे भाई को आपके साथ भेज देता हूं। रास्ते में एक ही रात आती है। पर बहुत आहिस्ता जाएं तो दो आ जाएंगी, एक ग्वालियर और एक इंदौर...

मीना घबराई हुई-सी कहने लगी–पापा को गाड़ी की ज़रूरत है तो उसे, अपने भाई से, कहो कि बम्बई जाकर गाड़ी छोड़ आए।

पर राबर्ट कहने लगा–उसे ड्राइविंग नहीं आती।

–नहीं, मैं नहीं जाऊंगी।–मीना ने फैसले की तरह कहा।

–अगर आज थकी हुई हैं तो कल सही।–राबर्ट ने पहले यह कहा, फिर आप ही कहने लगा–कल बहुत मुश्किल हो जाएगा। एक बार घर चली जाएंगी तो फिर घर से जाना मुश्किल हो जाएगा।

इस समय अकबर होटल के पास आकर राबर्ट ने कार रोक ली थी। कह रहा था–अगर आज आराम करना चाहें तो एक रात यहीं रह लें। साहब ने यहां आपके लिए कमरा बुक करने के लिए कहा हुआ है।

मीना कार से उतर पड़ी। डिक्की में रखे हुए दोनों सूटकेस निकाले। फिर एक सूटकेस को खोलकर वह किताब निकाली जो पापा ने राबर्ट को देने के लिए कहा था। और पास खड़ी हुई टैक्सी में दोनों सूटकेस रखते हुए, राबर्ट से कहने लगी–मैं बम्बई नहीं जा सकती, किसी और आदमी के हाथ गाड़ी भेज दो या खुद जाकर छोड़ आओ।

मीना टैक्सी में बैठी ही थी कि राबर्ट ने खिड़की के बंद शीशे को खटखटाकर इल्तिजा की तरह कहा–पर साहब का हुक्म है...

मीना ने टैक्सी वाले से चलने के लिए कहा। उसने गाड़ी स्टार्ट कर दी, तो गाड़ी की आवाज़ में मीना को राबर्ट के आगे के शब्द सुनाई नहीं दिए। केवल उसके अपने शब्द उसे और टैक्सी वाले को सुनाई दिए–निज़ामुद्दीन चलो।

लंदन की ठंड के बाद दिल्ली की धूप से शायद दिल घबरा रहा था। कुछ दूर जाकर, मीना ने गाड़ी का शीशा कुछ नीचा किया, और साथ ही अपनी बांह की ओर उसकी नज़र पड़ी, वह अभी भी पूरी बांहों वाला स्वेटर पहने हुए थी।

मीना ने जल्दी से स्वेटर उतारा, पर सूटकेस पीछे गाड़ी की डिक्की में रखे हुए थे। मीना ने हाथ के पर्स की तरफ देखा, पर्स काफी बड़ा था, पर उसमें स्वेटर नहीं आ सकता था। उसने स्वेटर को अपने बराबर सीट पर रख दिया कि गाड़ी से सामान उतारते वक्त वह इसे सूटकेस में रख लेगी। पर स्वेटर उतारकर भी मीना का दिल इस तरह घबरा रहा था जैसे वह किसी रेगिस्तान में आ गई हो।

वह हैरान थी–सफर वाला, हवाई जहाज़ के सफर वाला वह चैन और विश्वास न जाने कहां चला गया था!

टैक्सी निज़ामुद्दीन के पास पहुंचने वाली थी, पर मीना का जी किया कि वह सीधी घर न जाए, वह पहले दलीप के घर चली जाए। शायद दलीप से मिलकर उसकी घबराहट कम हो जाए, पर उसने दुविधा में पड़े हुए टैक्सी वाले से कुछ भी नहीं कहा। टैक्सी बिलकुल उसके घर के बाहर वाली सड़क पर पहुंच गई थी, मीना ने ड्राइवर से रुकने के लिए कहा।

साथ ही खयाल आया, इस समय तो दलीप कालिज गया होगा, मैं वहां किस तरह जा सकती हूं?

मीना ने ड्राइवर को पैसे दिए, एक सूटकेस खोलकर स्वेटर उसके अंदर रखा, और फिर दोनों सूटकेस हाथों में लेकर घर की ओर चल दी।

घर अपना था–पर उसके पांवों में कुछ चोरों की सी झिझक थी, सोच रही थी, पापा अभी घर में ही होंगे कि चले गए होंगे?

और घर का दरवाज़ा पार करते हुए जान लिया कि पापा दफ्तर और संदीप स्कूल जा चुके थे।

मीना को कुछ सांस-सा आया। इस समय घर में केवल मां थीं और दादी, और उनकी उसे चिंता नहीं थी।

सोलह

मीना की कच्ची उम्र, मीना को लगा, ज़िंदगी की कच्ची राहों पर चलती जा रही थी। चारों ओर धूल ही धूल दिखाई देती थी।

–वह जो सूरज की चौंध के समान मुझमें विश्वास आया था, वह कहां गया? –मीना चुपचाप चारपाई पर लेटे हुए सोचती रही।

घर में सब कुछ ठीक था। मां ने स्वाभाविक तौर पर बम्बई की बातें पूछी थीं; दादी ने भी, और किसी को कोई शक-शुबहा नहीं हुआ था, ऐसा लगता था। मीना ने रात को एक स्वेटर छोटे संदीप को बम्बई के तोहफे के तौर पर दिया था और एक दलीप के लिए अलमारी में रख दिया था। पापा को भी एक स्कार्फ दिया था और साधारण बातों के सिवा कोई बात नहीं हुई थी। बातों-बातों में यह भी मालूम कर लिया था कि उसके पीछे दलीप उसके घर नहीं आया था, इसलिए रेल पर सवार करवाने वाली बात वैसे ही ठीक थी जैसे वह कहकर गई थी। पर न कल उससे फ्रेंच की क्लास के लिए जाया गया था, न आज जाया जा रहा था।

क्लास की कोई बात नहीं थी, लेकिन वहां दलीप से मिलना था, और अभी उससे दलीप का सामना नहीं किया जा रहा था।

रात को दादी कह रही थी–हैं री, कहते हैं, बम्बई में साड़ियां बड़ी सुंदर मिलती हैं, तू अपने ब्याह के लिए दो-चार साड़ियां ही ले आती...

और मां उसे अपने-आप ही जवाब दे रही थी–इतने पैसे कहां ले गई थी, आप ब्याह की तारीख पक्की कीजिए, साड़ियां बहुतेरी...

मीना के मन का झूठ उसके मन में चुभने लगा था...

आज सवेरे से ही दादी कहे जा रही थी–और अब बुलाओ लड़के को, कहो कि अपने बाप को बुलाए और बात पक्की करे। मैं भी आंखों से यह दिन देख जाऊं।

और पापा दफ्तर जाते समय हंसते हुए कह गए थे–अपनी लड़की को वह रोज़ मिलता है, कहना उससे कि आज बुला लाए।

पर आज...आज भी उससे दलीप का सामना नहीं हो रहा था।

सोच में पड़े-पड़े अगला दिन चढ़ आया। पर आज उसने मन पक्का कर लिया था कि शाम को दलीप से भी ज़रूर मिलूंगी और फ्रेंच की क्लास के लिए भी ज़रूर जाऊंगी।

उसने तड़के ही नहाकर, चाय पीकर, अपने कितने ही दिनों से बेतरतीब पड़े हुए अलमारी के कपड़े ठीक किए, फिर दलीप के लिए लाए हुए कैलेंडर को खोलकर देखते हुए कुछ और भी मन में हिम्मत महसूस करने लगी। कैलेंडर वाली औरत के तलवे पर लिखे हुए साल को देखकर उसे लगा–जैसे आदमी मज़बूत हो तो वक्त को पांव के तलवों के नीचे रखकर आगे बढ़ सकता है।

पर साथ ही कैलेंडर वाली औरत की पीठ की ओर देखते हुए सोचने लगी–पर कुछ दिन, वार और तारीखें ऐसी होती हैं जो हमेशा के लिए आदमी की पीठ पर लिख जाती हैं...

पर आज उसे एक अजीब चेतना का एहसास हुआ–आजकल मुझे क्या हो गया है, जैसे मेरा कुछ भी मेरा न रह गया हो...न मन की खुशी मेरी, न उदासी मेरी...जैसी चीज़ देखती हूं वैसे ही सोचने लगती हूं...

और मीना ने अपने ऊपर खीझकर, पहले कुछ पढ़ने के लिए एक किताब निकाली, फिर उसे भी रखकर, अखबार लेकर चारपाई पर लेट गई।

उसने सरसरी नज़र से अखबार पढ़ते हुए, जब पहले के बाद दूसरा, और दूसरे के बाद तीसरा पन्ना पलटा, तो मोटे अक्षरों में छपा हुआ एक शीर्षक सामने आया–'किताब की जिल्द से पचास लाख के हीरे बरामद।'

नीचे खबर थी–आज बम्बई में दाखिल होने वाली एक कार पर पुलिस ने छापा मारकर एक किताब पकड़ी, जिसकी पुश्त में से पचास लाख के हीरे निकले। पुलिस का खयाल है, उन्होंने स्मगलिंग के बहुत बड़े रैकेट का पता लगा लिया है। पर अभी तक कार के ड्राइवर राबर्ट के सिवा कोई गिरफ्तार नहीं किया गया है।

मीना को अपनी चारपाई, कमरे के फर्श समेत, ज़मीन के नीचे किसी पाताल में गिरती हुई मालूम हुई...।

लगा, उसका दिल कुछ बार बहुत ज़ोर-ज़ोर से धड़का, और फिर शायद धड़कना बंद हो गया...

वह कितनी ही देर तक एक लाश की तरह चारपाई पर पड़ी रही...

वक्त एक जगह पर आकर, उसकी आंखों में ठहर गया मालूम होता था...

और वह पत्थर जैसी आंखों से वक्त को देखती रही–न आंखें हिलती थीं, न वक्त ...

कुछ देर बाद, न जाने कितनी देर बाद, एक बड़ा भयानक दृश्य उसके सामने आया कि वह कार को चला रही है, दिल्ली से बम्बई जा रही है, कार में वही किताब पड़ी हुई है जो मुश्किल से दो दिन पहले उसके सूटकेस में रखी हुई थी, और फिर एक जगह पहुंचने पर पुलिस ने उसकी कार को चारों तरफ से घेर लिया है...

और उसे लगा, अखबार में राबर्ट की जगह मीना शर्मा लिखा हुआ था...

मीना ने कांपकर इस भयानक दृश्य की ओर से आंखें मीच लीं...

–ओ भगवान! तुम कहीं नहीं...?–उसके होंठों से कई बार सिसकी की

तरह निकला, और फिर वह कांपती हुई चारपाई से उठ गई।

पता नहीं दिन का कौन-सा समय था! कितना दिन गुज़र गया था और कितना बाकी रह गया था, मीना को कुछ खबर नहीं थी।

वह कांपती हुई-सी बराबर के घर में गई, होंठों में दलीप के कालिज के फोन का नम्बर घुमा-घुमाकर देखा, पर कुछ याद नहीं आ रहा था...फिर शायद उंगलियां ही पुरानी याद के सहारे कुछ नम्बरों पर घूम गईं, क्योंकि उधर से जो आवाज आ रही थी, वह दलीप के कालिज का नाम ले रही थी।

–कालकाजी कालिज?–उसने विश्वास पक्का करने के लिए पूछा।

उधर से पुष्टि हुई तो कहा–ज़रा दलीपराजजी को बुलवा दीजिए।

उसे लग रहा था–अब दलीप की आवाज़ शायद कभी भी उसके कानों को सुनाई नहीं देगी...कानों में न जाने कौन-सी, और कहां से, भयानक आवाज़ें आ रही थीं...

–मैं दलीप बोल रहा हूं...मैं दलीप बोल रहा हूं–और शायद दूसरी ओर दलीप को कुछ सिसकियों की-सी आवाज़ सुनाई दी थी। वह घबराकर कहे जा रहा था–कौन? मीना? बोलती क्यों नहीं, मैं दलीप बोल रहा हूं...सुनो! मैं दलीप बोल रहा हूं...

मीना के कान में लौट-लौटकर आवाज़ आई, तो लगा–यह सचमुच दलीप की आवाज़ थी। उसके मुंह से मुश्किल से सिर्फ इतना निकला–मैं, मीना...तुम जल्दी आओ...क्या?...बाहर सड़क पर...घर?...नहीं सड़क पर...

उधर से फोन बंद हो गया, तो एक बार मीना का विश्वास फिर टूट गया कि दलीप कहीं भी नहीं था...

और वह स्वयं, उसे कुछ पता नहीं लग रहा था कि वह स्वयं कहां थी...

न जाने कितनी देर तक वह फोन के पास फोन के तार की तरह पड़ी रही ...तार में शायद कहीं करेंट था, पर आवाज़ नहीं थी...

जिन लोगों के यहां फोन था, उन्होंने ही काफी देर बाद देखा कि मीना चुपचाप फोन के पास बैठी हुई है। वे कुछ देर तक देखते रहे कि शायद वह किसके फोन का इंतज़ार कर रही है, पर जब काफी समय बीत गया, उन्होंने पास आकर देखा–तो मीना ने इस तरह हैरान होकर उनकी ओर देखा जैसे उन लोगों को पहचानती ही न हो। उन लोगों ने सोचा कि शायद उसने फोन पर कोई बुरी खबर सुनी थी। पूछा कुछ नहीं, पर पानी का गिलास लाकर उसे पीने के लिए दिया।

मीना को कुछ होश-सा आया, उसने फोन की तरफ देखा–याद आया कि उसने दलीप को उसके कालिज फोन किया था...

मीना वहां से धीरे-धीरे चलते हुए बाहर सड़क पर आ गई और एक पेड़ से लगकर खड़ी हो गई...

उसके पांव कांप रहे थे और सामने सड़क पर गुज़रने वाली हर चीज़ उसे उलटती हुई लगती थी।

दलीप की मोटरसाइकल जब उसके पास आकर खड़ी हो गई, उसे लगा, वह ज़ोर से पेड़ से टकरा गया था...

और वह पेड़ के नीचे से ऐसे जल्दी से अलग हुई जैसे पेड़ उस पर गिरने वाला हो...

–तुम्हें क्या हुआ है मीनू? तुम कहां चली गईं फोन करके? मैं कितनी देर से सड़क पर घूमता फिर रहा हूं।–दलीप ने जल्दी से मीना की बांह पकड़ ली–लगा, वह पेड़ से परे हटते हुए गिरने लगी थी।

मीना ने वहां सड़क पर ही दलीप की बांह को कसकर पकड़ लिया और अपना सिर उसके कंधे पर रख दिया।

दलीप ने घबराकर मीना के मुंह की ओर देखा–लगा, कोई खास बात हो गई थी, नहीं तो मीना सड़क पर इस तरह करने वाली नहीं थी।

–घर चलें?–दलीप ने पूछा, तो मीना ने अपने घर की अंदर वाली सड़क की ओर देखते हुए 'नहीं' में सिर हिलाया।

–यहां नहीं, मेरे घर।–दलीप ने फिर कहा तो मीना ने 'हां' में सिर हिलाया।

मीना कांप-सी रही थी। दलीप को लगा, वह मोटरसाइकल पर नहीं बैठ सकेगी। उसने टैक्सी स्टैंड पर अपनी मोटरसाइकल उन लोगों को सौंप दी और वहां से एक टैक्सी ले ली।

रास्ते में दलीप ने एक बार पूछा–तुम बम्बई से कब आई?–पर मीना उसके कंधे से सिर लगाकर ऐसे चुप निढाल-सी पड़ी हुई थी कि दलीप ने फिर कुछ नहीं पूछा।

मीना को अपने कमरे में ले जाकर और उसे पंलग पर लिटाकर दलीप ने पूछा–चाय बनाऊं? पियोगी?

–पानी–मीना के मुंह से मुश्किल से निकला।

दलीप ने उसे पानी पिलाया, फिर उसका सिर तकिये पर रखकर धीरे-धीरे उसका माथा सहलाने लगा।

–आज का अखबार...।–मीना ने फटी हुई आंखों से दलीप की ओर देखा।

मीना की बात दलीप की समझ में नहीं आई, पर उसने पास रखी हुई मेज़ पर से आज का अखबार उठाकर मीना के सामने कर दिया, पूछा–क्या है आज के अखबार में?

मीना ने कांपते हुए हाथ से पहला पन्ना अलग किया, और अंदर के तीसरे पन्ने पर पचास लाख के हीरों की खबर पर उंगली रखी तो सारी-की-सारी उंगलियां कांपने लगीं।

दलीप ने खबर पढ़ी, पर हैरान होकर पूछा–इसमें क्या बात है? ऐसी बातें तो होती ही रहती हैं...

–यह किताब...

–किताब की जिल्द में हीरे चुराने का तरीका नया है, और क्या बात है?

मीना की आवाज़ कांप रही थी, पर वह पूरे होश में थी। वह आज दलीप

को सब कुछ बता देना चाहती थी। तकिये पर से सिर उठाकर उसने पलंग के ढासने से पीठ को सहारा दिया और कहने लगी–यह किताब मैं लाई थी।

–यह किताब? हीरों वाली? कहां से?

–लंदन से।

दलीप ने मीना के मुंह की ओर ऐसे देखा जैसे वह होश में बातें न कर रही हो।

–मैं पूरे होश में हूं।

–नहीं, तुम होश में नहीं हो।

–सच, मैं पूरे होश में हूं। मैं बम्बई नहीं गई थी, मैं लंदन गई थी...

दलीप को फिर खयाल आया कि मीना होश में नहीं है। पूछने लगा–अच्छा, तुम लंदन गई थीं तो तुम्हारा पासपोर्ट कहां है?

–मेरे पर्स में।

–मुझे दिखाओ, पर्स कहां है?

–वहां, घर...अलमारी में।

पर्स पास नहीं था, इसलिए पासपोर्ट नहीं दिखाया जा सकता था। दलीप ने सिर्फ इतना कहा–नहीं, मैं नहीं मान सकता...

मीना अपने ही ध्यान में थी। दलीप की बांह पकड़कर कांपते हुए कह रही थी–परसों एयरपोर्ट पर कस्टम वालों ने मेरे सूटकेस देखे थे...यह किताब मेरे सूटकेस में थी...उन्होंने देखी थी...पर उस समय उन्हें मालूम नहीं था...

दलीप की समझ में कुछ नहीं आ रहा था, तो भी उसने पूछा–पर तुम्हें मालूम था?

–नहीं, मुझे भी मालूम नहीं था।

–यह किताब तुम्हें किसने दी थी?

–पापा ने।

–तुम लंदन किसके साथ गई थीं?

–पापा के साथ...।–मीना ने कहा, और दलीप के हाथ को अपनी ओर करके, अपने दोनों हाथों में कसकर पकड़ते हुए कहने लगी–इन पापा के साथ नहीं दलीप!

–फिर और किन पापा के साथ?–दलीप ने पूछा, तो जवाब में मीना की आवाज़ का कंपन कम हो गया। लगा, वह केवल हीरों की बात से इतनी घबराई हुई थी, अपने या अपनी मां के भेद की बात से नहीं।

पीड़ा से उभरता हुआ एक व्यंग्य-सा उसके होंठों पर आया, पर अब उसकी आवाज़ संभली हुई थी। कहने लगी–असल में मैं इन पापा की लड़की नहीं हूं...इन पापा के एक दोस्त थे...मैं उनकी लड़की हूं...

अब दलीप कुछ घबराकर मीना की ओर देखने लगा। देखा कि मीना की आंखों में पानी आ गया है। कहने लगी–मैंने इसीलिए तुम्हें पहले नहीं बताया था। मैं जानती थी, यह बात सुनकर तुम मुझे छोड़ दोगे...मैं गैरकानूनी...।–मीना की आवाज़ उसके गले में डूब गई।

–नहीं मीना! यह बात नहीं...।–दलीप कुछ घबराया हुआ-सा इस बार पलंग की पट्टी से उठकर खड़ा हो गया, पर कोई मिनट-भर के लिए खिड़की के पास खड़े होकर इधर को आ गया और मीना के पास पलंग की पट्टी पर चुपचाप बैठ गया।

–मेरे असली पिता का नाम देसराज मलिक है... ।–मीना ने दलीप के आगे, और किस्मत के आगे, मन में जो कुछ था, सबका सब रख दिया।

दलीप फिर घबराकर पलंग की पट्टी पर से उठ गया, पर परे खिड़की की ओर जाने लगा तो अचानक उसके पांव रुक गए, जल्दी से पीछे मीना की ओर मुड़ते हुए कहा–तुमने क्या कहा था? तुम किसके साथ लंदन गई थीं?

–देसराज मलिक पापाजी के साथ।

दलीप को हंसी आ गई। कहने लगा–एक बार तो तुमने मुझे भी चक्कर में डाल दिया।–फिर पूछने लगा–तुमने देसराज मलिक को देखा है ?

मीना की समझ में न दलीप की हंसी आई, न सवाल। कहने लगी–वह तुम्हें याद है न, एक काली कार मेरा पीछा करती थी, वह पापाजी ने ही मुझे बुलाने के लिए भेजी थी। वह यहां अशोका होटल में आए हुए थे..

–ओ, गॉड !–मीना के माथे और मुंह को टोहते हुए दलीप के हाथ कांपने लगे। वह कांपती-सी आवाज़ से कहे जा रहा था–तुम सचमुच जीवित हो न ? तुम सही-सलामत लंदन से आ गई हो ?...तुम कहां चली गई थीं ?...

मीना को लगा कि दलीप को अभी भी पूरी बात का पता नहीं लग रहा है। कहने लगी–पापा बीमार रहते हैं। उनका मन करता था, मुझे एक बार अपने साथ लंदन ले जाएं...मैं चली गई...पर अब मुझे यह अखबार देखकर लगा है कि वह कोई बहुत गलत काम करते हैं...शायद तभी उनके पास इतना पैसा है...

दलीप ने लंबा सांस लिया, कहा–मीना ! तुम्हें ऐसा नहीं करना चाहिए था। जब उस कार वाले ने तुमसे कुछ कहा था, तुम्हें चाहिए था, मुझे बता देतीं।

–यही राबर्ट था कार का ड्राइवर।

–और जिस आदमी ने तुम्हें बुलाया था, वह था कार का मालिक ?

–हां।

–तुमने मुझे तब बताया क्यों नहीं ?

–दलीप !–मीना कुछ देर चुप रही, फिर कहने लगी–बता तो दिया है, तब सोचती थी, तुम्हें पता लगेगा तो तुम मुझे छोड़ दोगे।

दलीप ने मीना के होंठों के पास झुककर ज़िंदगी में पहली बार उसके होंठ चूमे। कहा–तुम पागल हो। जिस दुनिया पर तुम्हें विश्वास नहीं करना चाहिए था, उस पर तुमने विश्वास कर लिया; पर जिस कम्बख्त दलीप पर तुम्हें विश्वास करना चाहिए था, उस पर नहीं किया।

–क्या मतलब?–मीना उसके मुंह की ओर देखने लगी।

–पहली बात तो यह कि यह बात ही गलत है। और दूसरी बात यह है कि अगर ठीक भी होती तो तुम्हारा दलीप ऐसा घटिया आदमी नहीं कि वह इस बात की वजह से तुमसे रिश्ता तोड़ देता...

–पर दलीप...

–ठहरो, मेरी बात सुनो। देसराज मलिक तुम्हारे पापा के दोस्त थे, पर वह तुम्हारी मां को बहन समान समझते थे। पर ठहरो, यह शब्द भी क्यों बरता जाए, क्या पुरुषों और स्त्रियों में दोस्ती जैसी चीज़ नहीं हो सकती? वह थी, पर उस दोस्ती में ज़रा भी झूठ शामिल नहीं था। पर तुम्हारे पापा की समझ में यह बात नहीं आई। इसलिए वह गलतफहमी के डर से तुम्हारे पापा की जिंदगी से दूर चले गए...

–दलीप! तुम मेरी बात तो सुनो।

–क्या सुनूं? तुम्हें कुछ मालूम ही नहीं है। यह देसराज मलिकजी ने मुझे खुद बताया था। तुम नहीं जानतीं, किसने क्या कहा है।–दलीप ने मीना के दोनों कंधों को झंझोड़कर गुस्से से कहा–तुम मुझे उस समय ज़रा भी बता देतीं, तो मैं तुम्हें उसी समय होशियार कर देता। वह न जाने कौन था, जिसके साथ तुम लंदन गई थीं।

–पर वह मुझे बेटी-बेटी...

–हां, तुम्हें बेटी-बेटी कहता रहा होगा, क्योंकि वैसे तो वह तुम्हें लंदन नहीं ले जा सकता था।

–पर वह...

–उसे तुमसे सिर्फ एक मतलब था मीना! उसे तुम्हारे ज़रिये वे हीरे यहां मंगवाने थे...

मीना को बात का तार सुलझता हुआ लगा। अब उसे दिखाई देने लगा कि

उस आदमी को पुलिस ज़रूर पहचानती होगी। वह कस्टम से किसी तरह भी नहीं गुज़र सकता था। उसका कोई आदमी भी नहीं गुज़र सकता था। उन लोगों को किसी ऐसे आदमी की ज़रूरत थी, जिसे कुछ पता न हो और जिस पर पुलिस की नज़र न हो...

एक-एक बात स्पष्ट हो रही थी। उसे कार की ड्राइविंग भी इसीलिए सिखाई थी कि वह जब कार को बम्बई ले जाएगी तो किसी को उस कार पर शक नहीं होगा। राबर्ट किस तरह उसकी मिन्नतें करता रहा था कि वह कार चलाकर बम्बई छोड़ आए।

मीना ने दलीप को सब कुछ विस्तार से बताया। यह भी कहा–अब मुझे लगता है, अगर मैं उसकी लड़की होती तो वह इस तरह मुझे खतरे में न डालता।–और मीना ने दलीप से पूछा–पर तुम्हें किस तरह मालूम है कि वह देसराज मलिक नहीं था?

दलीप हंस दिया–वह नहीं था मीना, वह नहीं था। पता नहीं कौन था। देसराज मलिक मेरे अपने पिताजी का नाम है।

–तुम्हारे पिताजी...

–तुमने उस दिन फार्म पर उन्हें देखा था...

–उस दिन...

–तुम्हें याद नहीं? तुम जब चाय पीकर गेहूं के खेत की ओर गई थीं, तो मैं पीछे रह गया था। उन्होंने मुझसे यही कहा था कि अगर मैं तुम्हारे साथ ब्याह करना चाहता हूं, तो अभी तुम्हारे पापाजी को उनका नाम न बताऊं। वह किसी दिन खुद जाकर उनसे मिल लेंगे...

–औं 'गॉड' –मीना को यकीन नहीं आ रहा था कि वह कौन-कौन-सी जगहों से गुज़रकर आई थी, और अभी तक जिंदा थी...

–पर, दलीप, उस आदमी ने मुझे वह तस्वीर भी दिखाई थी जो मेरे पहले जन्मदिन की थी, और जिस दिन...।–और मीना ने चौंककर कहा–पर वह तस्वीर

उसने कहां से ली?

—मैंने वह तस्वीर नहीं देखी है, पर यह बात पिताजी से सुनी है...उस आदमी को यह बात ज़रूर कहीं से पता चल गई होगी...तस्वीर उसने कहां से ली, किस तरह ली, उसकी खोज करनी पड़ेगी...

—पर, दलीप, अब वे लोग पकड़े जाएंगे, तो इसमें मेरा नाम भी आएगा?

—शायद नहीं, क्योंकि इसमें उन लोगों को कोई फायदा नहीं...पर अगर आए भी तो इसमें तुम्हारा क्या कसूर है...अब हम सब संभाल लेंगे...

—आप सब...? पर यह बात मैं पापाजी को किस तरह बताऊंगी?

—मैं खुद धीरे-धीरे बता दूंगा, तुम कुछ मत कहना।—दलीप ने कहा, और मीना ने कई दिनों का थका हुआ सर दलीप के घुटने पर रख दिया।

दिन कब का ढल गया था। बाहर रात उतरने को थी। दलीप जाकर एक टैक्सी ले आया और मीना को उसके घर छोड़ने चला गया।

घर पहुंचकर मीना अंदर चली गई, पर दलीप दहलीज़ में ही खड़ा रहा। सामने मीना के पापाजी बैठे हुए थे। दलीप वहीं खड़ा हुआ कहने लगा—अगर इजाज़त दें तो अंदर आ जाऊं? दादीजी कहती थीं न कि मत आना।

पापा हंसने लगे, और ज़रा दूर बैठी हुई अपनी मां की ओर देखते हुए कहने लगे—अरे ओ लड़की की दादी! लड़का अंदर नहीं आ रहा है, दरवाज़े पर तेल देकर अंदर लंघाओ...

दलीप अंदर आते हुए बोला—पापाजी, मेरी तो कोई बात नहीं, पर आपका बीसों बरस का रूठा हुआ दोस्त जब आएगा, उसे तेल चुआकर अंदर लंघाइएगा...

—कौन?—पापा कुछ हैरान-से दलीप की ओर देखने लगे।

—आपका दोस्त—देसराज मलिक। मैं उनका लड़का हूं।

मीना की मां दलीप के बैठने के लिए कुर्सी आगे रख रही थी, पर कुर्सी उसके

हाथ से जैसे छिटक गई। मुंह से निकला–सच रे!–और उसने कसकर दलीप का माथा चूम लिया।

मीना के पापाजी ज़ोर-ज़ोर से हंसने लगे। कहने लगे–रब भी अजीब चीज़ है। मैं तमाम उम्र सोचता रहा कि मैं उस मलिकज़ादे को पहले नहीं बुलाऊंगा, वह आप आकर पहले मुझे बुलाए, और भी ससुरी का यही सोचता होगा। सो, रब ने कहा कि तुम दोनों जने रूठकर बैठे रहो, मैं तुम्हें ऐसे लड़कियां-लड़के दूंगा कि...

–हाय, यह मेरे देसे का बेटा है!–कहते हुए दादी जब इधर दलीप के पास आकर उसका सिर चूमने लगी तो दलीप ने परे अपने कमरे के दरवाज़े में खड़ी हुई मीना की ओर देखा और हंस दिया।

–आज तो मैं बावली हो जाऊंगी।–कहते हुए मीना की मां ने अंदर चूल्हे पर चाय का पानी रखा और फिर बाहर दलीप के पास आकर बैठते हुए कहा–वह निगोड़ा है कहां?

दादी हंसने लगी–अरी, अब तो तेरा समधी लगता है, ज़रा आदर-भाव से बोल।

मीना अंदर रसोई से चाय बनाकर ले आई, तो मेज़ पर प्याले रखते हुए कहने लगी–अंदर सब प्याले धुलने लायक थे, राधा कहां चली गई?

मां प्यालों में चाय डालते हुए बोली–उस बिचारी के कर्मों में सुख नहीं। लड़की का ब्याह करके फारिग हुई थी, पर लड़की घर आकर बैठ गई। जंवाई खराब निकला। पहले कहीं जाकर ईसाई बन गया, आज सुना है कि उसने कोई हीरे चुराए हैं, और उसे पुलिस ने पकड़ लिया है...

–क्या?–मीना ने चौंककर पहले मां की ओर देखा, फिर दलीप की ओर।

–और, बुरे कामों के बुरे नतीजे–मां कह रही थी। तभी दलीप ने पूछा–उसका नाम क्या था? वही खबर होगी जो आज अखबार में थी?

–अरे, नाम तो उसका अच्छा-भला था, रामचंद। बाद में किसी लड़की के

चक्कर में आकर राबर्ट बन गया।–मां ने बताया और चाय का प्याला दलीप को देते हुए कहने लगी–फिर अब उससे पूछना, अभी उसका गुस्सा उतरा है कि नहीं।

बात का रुख फिर दलीप के पिताजी की तरफ मुड़ गया था। दलीप ने चाय के एक-दो घूंट भरकर कहा–अच्छा मां, वह तस्वीर तो दिखाओ, मीना के जन्मदिन वाली, जब पिताजी ने उसके लिए सितारों वाला फ्राक बनवाया था।

मां अंदर से जाकर तस्वीर ले आई और दिखाते हुए पूछने लगी–हैं रे, कभी पुरानी बातें करता है? मैंने तो सोचा था कि उसे कुछ ध्यान ही नहीं होगा।

दलीप हंसने लगा। कहने लगा–अगर वह बातें न करते तो मुझे इस सितारों वाले फ्राक का पता होता!–और तस्वीर को देखते हुए कहने लगा–पर यह तस्वीर मैंने पहले भी कहीं देखी है, न जाने कहां, शायद पिताजी के पास देखी थी...या शायद बात सुनकर ही लगने लगा कि तस्वीर देखी थी...

मां कहने लगी–अरे, कैसे? वह तो तस्वीर खिंचने से पहले ही रूठकर चला गया था...नहीं, सच, तस्वीर खिंचवाने लगे थे तो रूठकर चला गया...उसके पास कहां से आ सकती थी? यह तो बस दो कापियां थीं; एक यह, मैंने संभालकर रखी हुई है, दूसरी राधा ने ले ली थी। सब लोगों के बीच में वह भी तो खड़ी हुई है...

मीना ने हैरान होकर दलीप की ओर देखा–मानो वह ज़िंदगी के गहरे अर्थों की ओर देख रही हो।

दलीप ने सब अर्थों को खोलने वाली नज़र से एक बार मीना की ओर देखा, फिर उठते हुए कहने लगा–पापाजी! परसों आपकी इतवार की छुट्टी है। चलिए, सब पिताजी से मिलने फार्म पर चलें।

●●

तीन कहानियाँ

सात सौ बीस क़दम

पच्चीस, छब्बीस और सत्ताइस जनवरी

वह दूसरा

सात सौ बीस क़दम

अंधेरा क़दम-क़दम गहरा होता जा रहा था...

उसने नीले रंग की कमीज़ पहनी हुई थी, जो सलेटी रंग की पैंट की तरह अंधेरे के रंग की होकर–अब अंधेरे का एक हिस्सा बन गई थी, पर उसके पांव में सफ़ेद कैनवस के बूट थे और सिर्फ़ उनका ही अलग अस्तित्व बाकी था...

वह बराबर उन्हें ही देखे जा रहा था...इस तरह...जैसे वह आप एक जगह पर खड़ा हो और उसके पांव बराबर चलते जा रहे हों...

और उसे लगा...वह अपने पांवों को सिर्फ़ देख ही नहीं रहा है, उनकी हर हरकत को गिन भी रहा है...उसके होंठों पर इस समय सात सौ बीस की गिनती थी...

पांवों के नीचे की पक्की सड़क न जाने कब ख़त्म हो गई थी और कच्ची सड़क न जाने कब शुरू हो गई थी–शायद घर से निकलते ही उसने हर क़दम को गिनना शुरू कर दिया था–और इस वक़्त उस के होठों पर सात सौ बीस की गिनती थी...

गिनती रुक गई–क्योंकि पांवों के आगे रास्ता रुक गया था...सामने और दाएं-बाएं सिर्फ़ पेड़ थे, और पांवों के नीचे–पेड़ों के बीच में से गुज़रती हुई कच्ची

पगडंडी भी यहां ख़त्म हो गई थी...वहां पेड़ों के घेरे में एक पुराना बना कुआं था, जिसके पास आकर वह कच्ची पगडंडी रुक गई थी...

शायद हवा तेज़ चल रही थी–पेड़ों के पत्ते हिल रहे थे और आपस में टकरा रहे थे, मानो कितनी ही धीमी-धीमी आवाज़ें पत्तों पर बैठी हों...

नहीं–मानो कितनी ही आवाज़ें पेड़ों पर उगी हुई हों...

पेड़ों से झड़कर कुछ पत्ते उसके पावों के पास गिर गए। उसके पांव जैसे हिलने से रह गए हों। पत्ते पांवों के पास गिरकर भी हिल रहे थे, मानो उसके पांवों से कुछ धीरे-धीरे कह रहे हों।...

अपने पांवों की तरफ़ झुका हुआ उसका सिर और नीचे को झुक गया, और पांवों की तरफ़ से उठती हुई कितनी ही आवाज़ें उसके कानों से गुज़रकर उसके मस्तिष्क में घूमने लगीं...

इन आवाज़ों में एक आवाज़ किसी एक जानवर के पंखों की तरह उसपर झपट रही थी...

पहले गालियों की शक्ल में, और फिर...

उसके शरीर की एक-एक हड्डी दुखने लगी, मानो हर हड्डी ने वह पीड़ा बरसों से संभाल कर रखी हुई थी...

कानों में नीता के भाई की गालियां जैसे अभी भी कहीं से आ रही थीं–उसने दोनों हथेलियों से दोनों कानों को ढंक लिया और फिर सारा ध्यान एकाग्र करके नीता की आवाज़ सुनने की कोशिश की...

लेकिन नीता की आवाज़ उसके होंठों में बंद थी और होंठ उसके खुलते नहीं थे...

नीता उससे कितनी बातें किया करती थी–पर उस दिन जब उसके भाई ने उसकी किताब में रखा हुआ सुनील का ख़त पकड़ा था, तब सुनील को बुलाकर एक कमरे में बंद करके गालियां दी थीं–नीता की आवाज़ उसके होंठों में बंद हो गई थी...

और फिर उसके भाई ने ज़ख़्मी होने की हद तक सुनील को मारा था...

और नीता की आवाज़ उसने फिर कभी नहीं सुनी थी...वह शायद हमेशा के लिए उसके होंठों में डूब गई थी...

आज फिर उसने सारा ध्यान एकाग्र करके एक बार नीता की आवाज़ सुनने की कोशिश की...पर उसकी आवाज़ कहीं नहीं थी...

और फिर सुनील के मस्तिष्क में बहुत-सी आवाज़ें ज़ोर-ज़ोर से हंसने लगीं...

नहीं–ये आवाज़ें, मैले-से पानी की तरह, लोगों के होंठों को फाड़कर होंठों में से बह रही थीं–जिनमें उनके थूक भी मिले हुए थे।...

यह आवाज़ों का सैलाब-सा एक दिन उसकी पीठ के पीछे से आ रहा था–और वह पूरा ज़ोर लगाकर उससे बचने के लिए दौड़ रहा था...

उसका सांस उसके गले में फूलता हुआ उसके गले को जैसे घोंट रहा था, और उसकी आंखें उसके मुंह पर फैलकर जैसे फटने लगी थीं...

उसके हाथ में एक काग़ज़ था, जिसके अक्षर हथेली के पसीने से शायद पिघल गए थे और काले रंग की गरम धार की तरह उसके प्रिंसीपल की आवाज़ बनकर उसके कानों में पड़ते जाते थे–"तुम्हें होस्टल से निकाल दिया गया है, कॉलिज से भी..."

और होस्टल के सब कमरों में जितनी भी आवाज़ें बंद थीं, वे उन सब कमरों के परनालों की तरह बाहर सड़क पर बहने लगी थीं...वह आगे-आगे दौड़ रहा था–और आवाज़ों का एक सैलाब-सा उसके पीछे-पीछे...

कितने बरस हो गए थे, जब वह कॉलिज में पढ़ता था–शायद पांच साल हो गए थे–और वे आवाज़ें जब उसके मस्तिष्क में पड़ी थीं, शायद तब से ही वहीं खड़ी हुई थीं–शायद उससे मस्तिष्क से उतरकर नीचे उसके पांवों के तलवों में जाकर बैठ गई थीं–उसे याद नहीं। उसके पांव कभी एक जगह नहीं रुक सकते थे–न टिककर बैठ सकते थे–न चारपाई पर निश्चल सो सकते थे। वह आधी-आधी रात

को भी कमरे में चलता रहता था–एक दीवार से दूसरी दीवार तक, फिर दूसरी दीवार से तीसरी दीवार तक...और चौथी दीवार का दरवाज़ा उस की मां रात को रोज़ बाहर से बंद कर दिया करती थी...

आज...वे सारी पुरानी आवाज़ें, उसके पांवों में से फिर ऊपर उसके मस्तिष्क में आ गई थीं। आज उसके पांव यहां रुक गए थे, निश्चल, वहीं रुके हए थे–पर उसका मस्तिष्क आवाज़ों के ज़ोर से कांप रहा था...जैसे बहुत सारे लोग दहाड़-दहाड़कर किसी मकान की छत पर चढ़ आएं, और शहतीरों वाली छत हिलने लगे...

एक शोकी था–वह अशोक–जो थोड़ी देर उसकी बांह के साथ बांह मिलाकर उसके साथ चलता रहा था–फिर न जाने किस समय वह भी उसकी बांह से छिटककर कहीं चला गया था।

नहीं, उसे याद आया, प्रिंसीपल ने हाथ से शोकी को पकड़कर उसकी बांह से अलग किया था और उसे अकेले कमरे की तेज़ रोशनी में खड़ा करके पूछा था, "सच बताओ, तुम कितने दिनों से अशोक को रात के वक्त अपने कमरे में ले जाते रहे हो?"

उसे याद था–उसने एक रात–अशोक को अपने कमरे में बुलाया था। वे कितनी देर पढ़ते-बढ़ते रहे थे, फिर एक ही बिस्तर पर सो गए थे और उसको उस रात अशोक का नरम-सा शरीर निरा-पूरा नीता के शरीर जैसा लगता रहा था... उसने सोए हुए अशोक की बांह कितनी देर अपने गले में डालकर रखी थी–और अपनी हथेली पहले उसके कंधे पर रखी थी, फिर पीठ पर–फिर नीचे कमर पर–फिर टांगों पर...

फिर एक रात और...और एक रात और...और कितनी अजीब बात थी कि अशोक की सूरत भी उसको नीता जैसी लगने लगी थी...उसने उस रात पहली बार नीता के होंठ चूमे थे–नहीं, नीता के नहीं, अशोक के....

वैसे तो आधी रात को वह हमेशा आधे कपड़े पहने होता था...पर प्रिंसीपल ने जब उसे कमरे की तेज़ रोशनी में खड़ा करके उससे रात वाली बात पूछी–तब उसे

पहली बार लगा, जैसे उसके शरीर पर से किसी ने सारे कपड़े उतार दिए थे–और वह ठंड से और शर्म से कांप उठा था...

उसने बोलने की कोशिश की थी, पर उसकी आवाज़ कांपकर हकलाने लगी थी...और उस समय से–पांच बरस से–हमेशा बोलते समय वह हकला जाती थी...

प्रिंसीपल ने उसके हाथ में एक काग़ज़ पकड़ाकर उसको कमरे के बाहर भेज दिया था–पर बाहर–उसके होस्टल के सारे लड़के रुके हुए पानी की तरह खड़े हुए थे–और उसे देखते–ही उसके पीछे-पीछे पानी के सैलाब की तरह चल दिए थे।

वे बहुत ज़ोर से हंस रहे थे–सीटियां बजा रहे थे–और उसके पीछे-पीछे दौड़ रहे थे...

आवाज़ें उसके सारे शरीर से टकरा रही थीं–पर उस के माथे में बहुत ज़ोर का दर्द हो रहा था–उसके माथे की नसें जैसे फट रही हों...

उस दिन–और उसके बाद कई दफ़ा–वह बैठा-बैठा अपने माथे को टटोलने लगता था–उसे लगता था, जैसे उसके माथे की एक नस टूटकर उसके माथे से बाहर निकल आई हो।

उसका पिता शायद उसे किसी डॉक्टर के पास ले गया था...और डॉक्टर ने उसे न जाने लाल रंग की गोलियां खिलाकर कितने दिन बेहोश रखा था कि एक बेहोशी-सी फिर उसे हमेशा रहने लगी थी...

नहीं, सुनील को एक भूली हुई बात की तरह याद आया...कि इस बेहोशी में भी उसका होश क़ायम रहता था।

उस समय–तब तरीज़ा ने उससे कहा था कि वह उसके साथ ब्याह कर लेगी अगर सुनील का पिता अपना मकान सुनील के नाम कर दे...वह बड़ी दूर तक तरीज़ा के विचार को देख गया था और फिर उसने तरीज़ा से कहा था, "और इसके बाद? इसके बाद तुम मुझ से कहोगी कि यह मकान में तुम्हारे नाम कर दूं?"

और तरीज़ा उसकी हकलाती आवाज़ पर बहुत देर तक हंसती रही थी–और उसने कहा था, "हकले बाबा! मैं मकान को तुम से ज़्यादा अच्छी तरह संभालूंगी, उसे सजाऊंगी, हर बरस उस पर रंग-रोग़न करवाऊंगी..."

और सुनील ने कहा था "तुम हमेशा दो कुत्ते रखती हो, मैं तुम्हारा तीसरा कुत्ता नहीं बन सकता।"

पर एक अजीब बात थी–उसे याद आया कि जिस डॉक्टर ने उसे लाल गोलियां देकर बेहोश किया था और जिसे वह रोज़ कई दिन तक देखता रहा था–एक दिन अचानक उस डॉक्टर का मुंह किसी और तरह का मुंह हो गया था। वह कितनी देर, हैरान, डॉक्टर के मुंह की तरफ़ देखता रहा था, और फिर थोड़े से दिनों के बाद वह डॉक्टर का मुंह–जिस की एक चौड़ी-चपटी-सी नाक थी–एक बड़ी लंबी नाक वाला मुंह बन गया था। उसने अपने पिता की मिन्नतें की थीं कि अगर उसे उस डॉक्टर के पास न ले जाया जाए, तो वह अच्छा हो जाएगा, पर उसके पिता ने उसकी यह बात नहीं मानी थी। उसके पिता ने कहा था कि वह पहला डॉक्टर और था, और दूसरा डाक्टर भी कोई और था, और अब जो नया डॉक्टर है वह और है–पर उसे पूरा यक़ीन था कि वह एक ही डॉक्टर था–"विच डॉक्टर", जो कुछ दिन बाद अपनी शक्ल बदल लिया करता था–बिल्कुल इस तरह जैसे वह लाल रंग की गोलियों को कभी हरे रंग की कर दिया करता था, और कभी पीले रंग की।

और फिर एक दिन उसने आप सुना था कि वह डॉक्टर उसके पिता से कह रहा था कि वह उसे बिजली लगाएगा...

वह समझ गया था कि अब डॉक्टर उसको बिजली का करंट लगाकर मार देना चाहता है...वह डॉक्टर के पास से दौड़कर सीधा अपने घर के कमरे में आ गया था और उसने कमरे का दरवाज़ा अंदर से बंद कर लिया था...

मां ने रोटी पकाकर दरवाज़ा खटखटाया था–पर उसे पता था...अगर वह दरवाज़ा खोलेगा, तो उसका पिता उसे पकड़कर सीधा डॉक्टर के पास ले जाएगा और डॉक्टर उसको बिजली का करंट लगाकर मार देगा...

तो उसने दरवाज़ा नहीं खोला था, और सींखचों वाली खिड़की में से हाथ निकालकर मां से खाना ले लिया था, पर दूसरे दिन मां कह रही थी कि वह दरवाज़ा खोल दे, तो वह घर के नौकर से उसका कमरा साफ़ करवा देगी। उसे पता था–वे सब दरवाज़ा खुलवाने के बहाने हैं...

और फिर...फिर उसके सिगरेट ख़तम हो गए थे। उसकी मां ने उसे सिगरेट मंगवाकर नहीं दिए थे। कहती थी, वह दरवाज़ा खोलेगा तो सिगरेट मिलेंगे...उसने जेब में से पैसे निकालकर सींखचों वाली खिड़की में रख दिए थे और नौकर से कहा था कि वह बाज़ार से सिगरेट ला दे। नौकर पैसे ले गया था, लेकिन उसके सिगरेट ख़रीदकर नहीं लाया था–बेईमान...कमीना!

उसे ख़्याल आया–बस, एक बात अच्छी है कि उसका ग़ुसलख़ाना उसके कमरे के साथ लगा हुआ है–जिसका दरवाज़ा उसके कमरे में है–नहीं तो उसको कमरे का दरवाज़ा खोलना पड़ता और उसके माता-पिता उसे पकड़कर ज़बरदस्ती उसे डॉक्टर के पास ले जाते...

उसे लगा...उसके ज़हन में जैसे एक पानी का तालाब बना हुआ था, जिसमें कितनी ही आवाज़ें डूबती–और ग़ोते-से खा रही थीं...

कभी-कभी कोई आवाज़ पानी पर तैरती बाहर किनारे पर भी आ जाती थी...।

"सुनी बाबू...हे, सुनी बाबू...।" वह कांप-सा गया–यह काशनी की आवाज़ कहां से आ रही थी?

काशनी! रामदास धोबी की लड़की। जब आया करती थी, उसे बुलाया करती थी–"सुनी बाबू!" और वह अपना नाम हमेशा ठीक करके उसे बताया करता था, "सुनी बाबू नहीं–सुनील बाबू।" पर काशनी से आख़िरी अक्षर कभी भी नहीं बोला गया–कहा करती थी–"वही तो कहती हूं–सुनी बाबू..."

उस दिन उसी काशनी ने सींखचों वाली खिड़की के पास खड़े होकर उसे धीरे से आवाज़ दी थी–"सुनी बाबू!" और अपनी चुन्नी में से सिगरेटों की डिब्बी निकालकर उसे पकड़ा दी थी। उसके पास पैसे खतम हो गए थे–उसने अपने कोट

और अपनी पैंट की जेब को अच्छी तरह टटोला था–पर सिर्फ़ पच्चीस पैसे निकले थे–पूरी डिब्बी के पैसे नहीं थे, पर काशनी ने वे पच्चीस पैसे भी नहीं लिए। और फिर दूसरे दिन उसने सिगरेटों की एक और डिब्बी लाकर उसे सींखचों वाली खिड़की में से पकड़ा दी थी...

वह रोज़ सवेरे इंतज़ार किया करता था–काशनी जब कपड़े प्रेस करके लाएगी–उसकी खिड़की के पास आकर उसे ज़रूर आवाज़ देगी–"सुनी बाबू..." और उसे अपना नाम सुनील की जगह 'सुनी बाबू' ज्यादा अच्छा लगने लगा था...

हां–उसने काशनी के कहने से कमरे का दरवाज़ा एक दिन खोल दिया था और वह कमरे को साफ़ करके और उसके मैले कपड़े लेकर चली गई थी...

और फिर वह दूसरे दिन उसके कपड़े धोकर ले आई थी–उसने ग़ुसलख़ाने में जाकर जब कपड़े बदले थे–काशनी ने ग़ुसलख़ाने का दरवाज़ा खोलकर कहा था, "सुनी बाबू, तू बहुत सुंदर है..."

उसके ज़हन में काशनी के हाथ की कंच की चूड़ियां छन-छन करने लगीं...

वह पांव में चांदी के धुंघरू भी बांधती थी–उसे याद आया–और याद आया कि एक दिन काशनी ने अपने पांवों में मेहंदी लगाई थी–और उसे लगा कि उसके सांवले-सांवले पांव दो कबूतरों की तरह उसके कमरे में आ गए थे...

उसने दोनों हाथों में जैसे दो कबूतरों को पकड़ लिया था...और काशनी चुपचाप उसकी चारपाई पर बैठ गई थी...और उस दिन काशनी ने उसके कानों के पास अपना मुंह कर के कहा था–"सुनी बाबू, तू बहुत सुंदर है!..."

"सुनी बाबू...सुनी बाबू..." उसका सारा जहन इस आवाज़ से भर गया...

उसने अपनी हथेली से अपने माथे को छुआ–उसे लग रहा था–यह आवाज़ जैसे उसके माथे में से लहू की धार की तरह अब बाहर की तरफ़ बह रही थी...

फिर उसने हथेली को देखा–पर अंधेरे में अब दिखाई नहीं देता था कि उस

की हथेली पर लहू लगा हुआ है या नहीं...

हां...उसे याद आया...उस दिन उसके बिस्तरे की चादर पर कितना सारा लहू लगा हुआ था। काशनी ने उसके बिस्तर पर से उठकर बिस्तर की चादर भी उठा ली थी–और कहा था कि वह चादर को कल धोकर ला देगी।

उसने काशनी से पूछा था कि उसकी चादर पर लहू कहां से आ गया था–वह चुन्नी का पल्ला मुंह में डालकर हंसती रही थी, और चादर को गुड़-मुड़ी करके धोने के लिए अपने साथ ले गई थी...

काशनी फिर भी आई थी...फिर भी...पर फिर वह मर क्यों गई?

मां ने भी बताया था, नौकर ने भी, और बड़ के पेड़ वाली चाय की दुकान वाले ने भी कि काशनी कुएं में डूबकर मर गई थी...

जैसे उलझी हुई गांठें खुलती हैं–सुनील के माथे में कुछ नसें कांपकर हिलीं—"लोग कहते थे कि काशनी का ब्याह नहीं हुआ था, पर वह मां बनने वाली थी..."

"काशनी का बच्चा?..." पेड़ों के बीच कुछ पटबीजने पड़े हुए थे–सुनील के माथे में भी कुछ जागने-जलने लगा–"काशनी का बच्चा, मेरा बच्चा था?...काशनी का बच्चा...मेरा बच्चा...?" और वह हैरान था–उसे यह ख़याल कभी पहले क्यों नहीं आया?

और सुनील को आज सवेरे वाली बात याद आई–सवेरे उसके घर के सामने ख़ाली पड़ी ज़मीन पर कितने ही बच्चे खेल रहे थे...

वह कितनी देर खेलते हुए बच्चों के पास जाकर खड़ा रहा था। उनमें एक तीन बरस की लड़की थी–सफ़ेद फ्रॉक वाली। सूरज की चढ़ती धूप में वह एक फूल जैसी लग रही थी। सुनील ने उसे प्यार से अपनी गोद में उठा लिया था–उसके बाल चूम लिए थे, उसका माथा–उसके हाथ–उसके पैर...

और फिर कहीं से एक काली मोटी औरत आकर चीखें मारने लगी थी–शायद उसकी आया थी...

फिर कितने लोग इकट्ठे हो गए थे...!

घबराहट से उसकी बांहे कांपने लगी थीं और लोगों ने उसके चारों तरफ़ घेरा डालकर उस बच्ची को उसके हाथों से छीन लिया था...

उसकी मां भी आकर रोने लगी थी–और उसे बांह से पकड़कर अंदर कमरे में ले गई थी...और उसके पिता ने कहा था कि कल वे उसे पागलख़ाने ले जाएंगे...

"यह शायद..." सुनील ने अपने ख़्यालों को चीरकर देखा–"यह शायद मेरे अचेत मन में पड़ा हुआ मेरे बच्चे का ख़्याल था...काशनी जीती रहती, तो वह बच्चा भी अब इस जैसा ही होता...सफ़ेद फ्रॉक वाली लड़की जैसा...काशनी मर क्यों गई?"

और वह कुआं?

सुनील के पांवों के नीचे की पगडंडी जिस पुराने कुएं के पास जाकर ख़त्म हो गई थी, सुनील उस कुएं की तरफ़ देखने लगा...

"लोग कहते थे," सुनील को ध्यान आया, "कि काशनी बारादरी वाले पुराने टूटे हुए कुएं में कूद गई थी...तो क्या...यह वही बारादरी वाला पुराना कुआं है, या और कोई?"

सुनील ने चारों तरफ़ देखा–वहां सिर्फ़ पेड़ थे और पेड़ों से झड़ते हुए पत्ते। और फिर उसे ध्यान आया कि बारादरी उसके घर के पिछवाड़े पक्की सड़क के पार हुआ करती थी–यह शायद वही सड़क थी, और यह शायद वही बारादरी वाला कुआं था...

कुछ पल के लिए जैसे उसके ज़हन में सारी नसें एक सुकून के साथ सो गईं–उसे लगा, वह इतने समय से जो बेचैन कमरे में चलता रहता था–वह असल में बारादरी के कुएं वाला रास्ता खोजता रहता था...

और वह रास्ता कितना पास था, बस, सात सौ बीस क़दम...

आज उसने सारे क़दम गिने थे–पूरे सात सौ बीस–और वह हैरान था कि

वह पहले यहां क्यों नहीं आया...

"तभी तो रोज़ रात को बाहर की दीवार की तरफ़ से कोई आवाज़ आया करती थी...पता नहीं चलता था कि किसकी आवाज़ है...पर आज मैंने उसे पहचान लिया है...रोज़ मुझे काशनी बुलाती थी–सुनी बाबू!..."

और उसने आगे बढ़कर कुएं में झांका–कुएं में से काशनी के हाथों की कंच की चूड़ियां छन-छन कर उठीं...उसने ज़ोर से आवाज़ दी–"काशनी!"

कई बरस के बाद यह पहला दिन था जब उसकी आवाज़ हकलाई नहीं थी। उसे आप ही हंसी आ गई–और एक अजीब-सा सुकून–जैसे वह बहुत समय बाद अपने घर आया हो–और उसके घर उसकी बीवी और उसका बच्चा उसकी राह देख रहे हों...

उसने दोनों बाहें काशनी की ओर फैला दीं–आस-पास के पेड़ों ने एक इंसानी चीख़ जैसी हंसी सुनी और अपने पत्तों की तरह कांपने लगे...

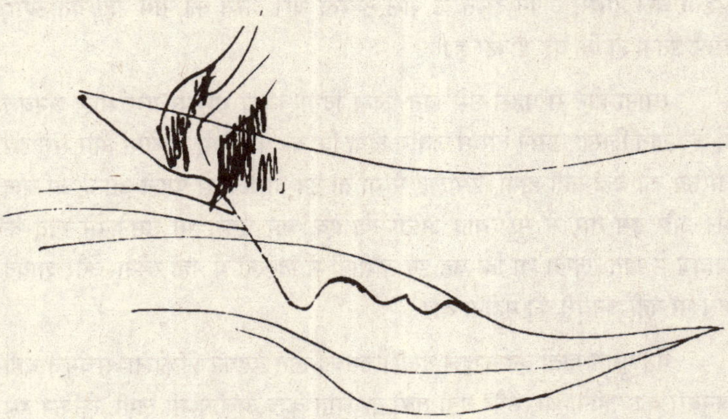

पच्चीस, छब्बीस और सत्ताइस जनवरी

मुझे अपने कारोबार के सिलसिले में अकसर साल में दो बार बंबई से दिल्ली जाना पड़ता था। हमेशा अपने दोस्त के पास ठहरता था। दोस्त का नाम नहीं बताऊंगा, सिर्फ इतना ही कि वह डॉक्टर है।

रवाना होने से पहले उसे ख़त लिख दिया करता था, पर एक साल जनवरी में जब ख़त लिखा, उसने तार से जवाब दिया कि वह पच्चीस, छब्बीस और सत्ताइस तारीख़ को वहां नहीं होगा, इसलिए मैं या तो इन तारीख़ों से पहले आऊं, या बाद में। और इस तार से मुझे याद आया कि एक बार पहले भी उसने मेरे ख़त के जवाब में ख़त लिखा था कि वह इन तारीख़ों में दिल्ली में नहीं रहेगा–और शायद तब भी यही जनवरी का महीना था।

मैंने पुराने ख़तों की फ़ाइल देखी। उसका ख़त ढूंढकर निकाला–सचमुच यही जनवरी का महीना था, और यही तारीख़ें। बात कुछ अजीब-सी लगी, लेकिन इस बार मैंने जाने की तारीख़ें बदली नहीं। बदल सकता था–दो-चार दिन पहले या दो-चार दिन बाद जा सकता था, लेकिन मैं उन्हीं तारीखों में दिल्ली चला गया। सिर्फ़ इतना किया कि सीधा अपने दोस्त के घर नहीं गया–वहां पहुंचकर एक होटल में ठहर गया।

उसके घर टेलीफ़ोन करने का कोई फ़ायदा नहीं था–क्योंकि उसके कहने के

मुताबिक वह दिल्ली में नहीं था, पर रहा नहीं गया। जी किया उसके हस्पताल में टेलीफ़ोन करके इतना ही पूछ लूं कि वह अपने गांव अपने माता-पिता के पास गया हुआ है–और खैर–ख़ैराफ़ियत के साथ गया हुआ है–या कोई ख़ास बात है।

मैंने फ़ोन किया। ख़्याल था–कोई और डाक्टर बोलेगा, लेकिन उसकी कुशल-मंगल पूछने वाले शब्द मेरे मुंह में घूम ही रहे थे, जब फ़ोन के जवाब में मुझे उसकी अपनी आवाज़ सुनाई दी। फिर शायद मेरी अपनी आवाज़ की हैरानी थी कि मुझे उसकी आवाज़ में उसका तपाक कुछ कम-सा लगा, पर साथ ही मैं अपनी हैरानी को दलील भी दे रहा था–हो सकता है किसी कारणवश उस का जाना रुक गया हो–उसे जाना रहा हो, पर न जा सका हो–और अब मेरे आगे शर्मिंदगी महसूस करता हो...

और मैंने स्वयं ही अपने तर्क के बल पर कहा, "अब मुलाक़ात किस वक़्त होगी?" मन में उसका जवाब भी सोच लिया था, "तुम होटल से सामान लेकर सीधे घर चलो, मैं अभी घर पहुंच रहा हूं।" पर लगा, मेरे अपने कानों ने ही मुझे झुठला दिया। उसका जवाब था–"चार बजे हैं, मैं आधे घंटे में यहां से फ़ारिग़ हो जाऊंगा, फिर सीधा तुम्हारे होटल आऊंगा।"

खैर, अभी भी तर्क कुछ बाक़ी था–मैं सोच रहा था कि वह मेरे पास आकर ख़ुद मेरा सामान उठवाएगा, और मुझे घर ले जाएगा, पर पांच बजे के करीब जब वह आया, कितनी देर मेरे काम के बारे में सरसरी तौर पर बातें करता रहा। फिर चाय पी और शाम ढलने को आ गई। लग रहा था, जैसे वह कुछ कहना चाह रहा हो, पर कहने की घड़ी को टाल रहा हो।

वह मेरा पुराना दोस्त था। अधिकार के साथ उससे पूछ सकता था, पर उसके चेहरे पर कुछ ऐसा संकोच दिखाई दे रहा था कि मैंने कुछ नहीं पूछा। कुछ देर बाद उसने जाना चाहा। मैं क्या कह सकता था–उसे नीचे होटल के बाहर वाले दरवाज़े तक छोड़ने चला गया। देखा–वहां उसके पांव कुछ ठिठक-से गए, पर उसने कहा कुछ नहीं।

मुझे वापस कमरे में आए कोई घंटा-भर हुआ था कि उसका फ़ोन आया–

"सॉरी, आई कांट एक्स्प्लेन ऐनी थिंग!" मैं जवाब में हंसता रहा, "चलो माफ़ किया, एन्ज्वाए यूअरसैल्फ़!" अचानक लगा, हो न हो इन दिनों उसके पास घर में ज़रूर कोई लड़की थी, पर यह कल्पना भी मुझे मिटती-सी लगी, क्योंकि उसकी आवाज़ में कुछ उदासी थी।

उस वर्ष सितंबर में मुझे दिल्ली जाना पड़ा, पर मैंने उसे ख़त नहीं लिखा। दिल्ली आकर एक होटल में ठहर गया। होटल से फ़ोन किया। उसकी आवाज़ पुराने तपाक से भरी हुई थी। वह उसी समय हस्पताल से छुट्टी लेकर मेरे होटल आया और मेरे इनकार करने पर भी मेरा सामान उठाकर मुझे अपने घर ले गया।

पता नहीं एक दोस्त होने के नाते मुझे ऐसा करना चाहिए था या नहीं, पर मैंने उसके नौकर से एक दिन अकेले में जनवरी वाली बात–और बातों में कुछ घुमाकर पूछी। पुराना नौकर था, मेरा भी डॉक्टर के समान आदर करता था, इसलिए आदर से बोला, "मुझे तो साहब हर बरस छब्बीस जनवरी का मेला देखने के लिए तीन दिन की छुट्टी दे देते हैं।"

तो...वही तीन दिन–पच्चीस, छब्बीस और सत्ताइस जनवरी! उससे मैंने यह भी मालूम कर लिया था कि उसकी छुट्टी में सिर्फ़ दिन ही शामिल नहीं होते थे, रातें भी शामिल होती थीं। वह तीन रात बाहर नौकरों के डेरे में रहता था, जहां उसके गांव के और लोग भी रहते थे।

नौकर को हर बरस इन्हीं दिनों की छुट्टी देना मुझे स्वाभाविक नहीं लगा। मुझे लगा–कोई भेद है, जो मेरा दोस्त भेद ही रखना चाहता है।

और फिर जब चार महीने बाद जनवरी का महीना आया, तो मैंने अपने दोस्त को ख़त लिखा कि मुझे पच्चीस तारीख़ को दिल्ली आना पड़ेगा, हालांकि दिल्ली जाना मैं अभी और एक महीना आगे सरका सकता था। जवाब में उसका ख़त आया–"क्या इस तारीख़ को तुम्हारे काम से कोई लगाव हो गया है? तुम दो-चार दिन पहले या बाद में क्यों नहीं आ सकते?"

तो...ज़रूर कोई बात थी, जो न वह बता सकता था, न मैं पूछ सकता था। मैं उस महीने दिल्ली नहीं गया। बाद में मार्च में गया, उसी के पास ठहरा और उस

बार मैंने दिल्ली में पांच एकड़ का एक फ़ार्म ख़रीदा, जहां साल में कम-से-कम एक महीने रहने का मेरा सपना मुझे हमेशा खींचा करता था। यह सब मेरे दोस्त की मेहनत का ही फल था। फ़ार्म के काग़ज़-पत्र उसी ने देखे-दिखाए थे, दो मालियों का बंदोबस्त कर दिया था, और फ़ार्म पर एक छोटी-सी रहने की कोठी का नक्शा भी उसने ही बनवा दिया था। मैं वहां इमारत शूरू करवाकर वापस बम्बई चला गया था, बाद में उसने ही उसे देखा-संभाला था, और उसे पूरा बनवाकर मुझे उसकी चाबी भेज दी थी।

फिर...अचानक उसका ख़त आया कि उसने ब्याह कर लिया है। ख़त खुशी से भरा था, इसलिए मैं भी खुश था, पर उलाहना-सा देते हुए मैंने लिखा कि उसने मुझे अपने ब्याह में शामिल होने के लिए क्यों नहीं बुलाया। उसका जवाब आया–"जिस घड़ी ब्याह का फैसला हुआ, मैं उसी घड़ी ब्याह कर लेना चाहता था, नहीं तो शायद कभी न हो सकता। इसलिए तुम्हें बुलाने का समय ही नहीं था।" ख़त में उसने यह नहीं लिखा था कि ब्याह उस घड़ी के टलने के बाद क्यों नहीं हो सकता था, पर यह ज़रूर लिखा हुआ था, "मैं बहुत खुश हूं, मैं तुम्हारी भाभी से इश्क की हद तक मुहब्बत करता हूं!" –इसलिए मुझे उसके ब्याह में शामिल न होने का जो मलाल था–वह मलाल जैसा नहीं रहा। एक लगन-सी ज़रूर लग गई कि अब मैं दिल्ली कब जा सकूंगा। इसमें एक और कारण भी शामिल था–मैंने अभी तक अपने फार्म वाले मकान में रहकर नहीं देखा था। वहां के मालियों के अलावा मैंने एक ऐसे आदमी का बंदोबस्त भी कर दिया था, जो हर इतवार फ़ार्म पर जाकर फ़ार्म के काम को देखता था और मुझे हिसाब-किताब लिख भेजता था। मेरी आंखों में अपने फ़ार्म की हरियाली हर हफ़्ते पोर-पोर ऊंची होती रहती थी।...

अचानक मेरे दोस्त का फ़ोन आया कि अगर मैं फार्म वाले घर की चाबी उसे भेज दूं, तो वह तीन दिन वहां रहना चाहता है। यह जनवरी का महीना था। मुझे वही पच्चीस, छब्बीस और सत्ताइस जनवरी के तीन दिन इस बात से जुड़े हुए लगे। मैंने कहा, "मैं कल चाबी भेद दूंगा। वैसे मैं भी दिल्ली आना चाहता हूं, पर अगर तुम वहां अकेले रहना चाहो तो मैं इस महीने नहीं, अगले महीने आ जाऊंगा।" जवाब में उसने कहा "मैं, पच्चीस, छब्बीस और सत्ताइस तारीख, सिर्फ़ तीन दिन वहां

रहूंगा, तुम भी आ जाओ, साथ रहेंगे।"

अजीब बात थी–वही तारीख़ें थीं, पर इस बार उसे एतराज़ नहीं था कि मैं इन तारीख़ों में न आऊं। क्या सुखी ब्याह के बाद भी उसे उन तारीख़ों में अकेलेपन की ज़रूरत न थी? क्यों?–मैंने पूछा, "भाभी का क्या हाल है?" जवाब में कहीं भी संकोच जैसा कुछ नहीं था। वह कह रहा था, "बहुत बढ़िया लडकी है, तुम उस से मिलकर बहुत ख़ुश होगे। हम अट्ठाइस तारीख़ को साथ-साथ घर चलेंगे।"

कुछ पकड़ में नहीं आ रहा था, पर उसका विवाह ठीक था, यही काफ़ी था। मैंने उससे कहा कि मैं पच्चीस तारीख़ को सवेरे पहुंच जाऊंगा–सीधा फ़ार्म पर जाऊंगा, और तुम्हारा इंतज़ार करूंगा।

उसकी बीवी के लिए मैंने बम्बई से एक प्यारी-सी साड़ी ख़रीदी, और पच्चीस तारीख़ को सवेरे दिल्ली पहुंच गया। फ़ार्म की हरियाली मेरी कल्पना जैसी ही थी। मेरे मन की धरती में भी मानो फूल-पत्ते उग रहे थे। फ़ार्म का इतवारी कारिंदा वहीं पहुंचा हुआ था–उसने मेरे कहे के मुताबिक, जिन चीज़ों की मुझे ज़रूरत थी, लाकर रखी हुई थीं। मालियों ने कॉटेज के फाटक को पोंछा, संवारा और फूलों से सजाया।

शाम गहरी हो चली थी, जब मेरा दोस्त आया। इस बार मैं उसके लिए बम्बई के एक दोस्त से फ्रेंच 'कोनयाक' लेकर आया था। बहुत दिन हुए जब उसने एक बार मुझे कोनयाक वाली पिलाई थी और कहा था कि उसका बस चले तो वह हमेशा कोनयाक वाली चाय ही पिए। इस बार तीन दिन मैं उसे कोनयाक वाली चाय पिलाना चाहता था। यूं तो डिब्बों के फल और सब्जियां मैं बम्बई से ले आया था, पर अपने फ़ार्म की गोभी मैंने अपने हाथों से भूनी थी। मेरे लिए बम्बई की ज़िंदगी से अलग होने का यह बड़ा प्यारा दिन था...

उस रात पहले कोनयाक वाली चाय और फिर नीट कोनयाक पीते हुए मेरा दोस्त कहने लगा, "तुम कई बरस से कुछ पूछना चाहते थे न? मैं भी कई बरस से तुम्हें कुछ बताना चाहता था..."

यह शायद मिट्टी में से कुछ हरा-सा फूट निकलने का समय था, मैं उसके मुंह की ओर देखने लगा। वह हंस दिया–"ये पच्चीस, छब्बीस और सत्ताइस

जनवरी–तीन दिन मेरी समझ से बाहर हैं। तुम्हें कैसे बताऊं...अच्छा, शुरू से ही बताता हूं...पूरे पांच बरस हुए, मेरा एक दोस्त आज के दिन–पच्चीस तारीख़ को–मेरे घर आया था। कमबख़्त जवान भी था, ख़ूबसूरत भी, और बहुत प्यारा शायर भी। दिल्ली में हिन्दुस्तान की सब भाषाओं का पच्चीस जनवरी को एक मुशायरा होता है न–उसे उसी मुशायरे में सरकारी तौर पर बुलाया गया था, पर वह अकेला नहीं आया था...एक बड़ी सुंदर लड़की उसके साथ थी। अपने शहर में वह उस लड़की से नहीं मिल सकता था–इसलिए यहां ले आया था। वहां से शायद उसके साथ नहीं आया था, पर यहां स्टेशन से उसे साथ लेकर आया था। वे दोनों तीन दिन मेरे घर रहे। पच्चीस की रात को मुशायरा था, छब्बीस को सब शायरों के लिए सरकार की तरफ़ से दावत हुई थी, पर सत्ताइस की रात उन्होंने ज़िंदगी से और चुरा ली थी। और फिर अलग-अलग गाड़ियों में वापस चले गए थे...”

यह बात सुनते हुए जैसे मैं एक ऐसे दरवाज़े की ओर देख रहा था–जिस के पास मैं बरसों की तलाश के बाद पहुंच तो गया होऊं, लेकिन अभी यह सोच भी न सकता होऊं कि उस दरवाज़े के अंदर क्या है...

कोई कहानी शायद पांच बरस चलती रही थी, और मेरा दोस्त भी उसके साथ पांच बरस चलता रहा था–उसके चेहरे पर एक लंबा रास्ता चलकर आने का सा अहसास था। कुछ देर सांस लेकर कहने लगा–“पर दिल्ली के तीन दिन वाली बात न उसके घर से छिपी रही, न उस लड़की के घर से। उसकी बीवी बड़ी दुखी थी, और उस लड़की के माता-पिता भी। शहर एक ही था, वैसे भी छोटा...दोनों घरों का बैर सारे शहर में फैल गया। एक की जान के लिए फज़ीते थे, दूसरे की जान के लिए ख़तरा, पर छह महीने गुज़रे थे कि सारी बात ही निबट गई। कमबख़्त सारे दिन और सारी रात शराब पीता था, छह महीने में खत्म हो गया...”

“क्या मतलब ?” मैं कांप-सा गया।

“बे-आयी मौत...” मेरे दोस्त की आवाज़ उसके गले में डूब गई थी। कोनयाक के तेज़ पांच-छह घूंट भरकर उसने कहा, “फिर जब अगली जनवरी की पच्चीस तारीख़ आई, मेरे नाम उस लड़की का बिलखता हुआ ख़त आया कि मैं तीन दिन

उस कमरे में किसी को न जाने दूं, जिस कमरे में पिछले बरस वे दोनों रहे थे। उसने ख़त में गेंदे के दो फूल भेजे कि वे फूल मैं उस कमरे में उसी पलंग पर रख दूं, जो उसके सुहाग की सेज था। और उसने लिखा कि दोनों की रूहें तीन दिन उस कमरे में रहेंगी।"

मैं यह बात सुनते ही जैसे मैं नहीं रहा–सिर्फ़ एक अचंभा था। दोस्त से पूछना चाहता था–"और तुम ने इस बात पर यक़ीन कर लिया?" पर मेरे कुछ भी पूछने से पहले वह कहने लगा–"मुझे उस का ख़त सिर्फ़ उसका पागलपन लगा था, उसकी दीवानगी–पर दीवानगी का भी शायद कोई जादू होता है। मैंने ख़त को परे रख दिया, पर वे फूल मैं फेंक नहीं सका। यह भी याद आया कि उस कमबख़्त ने उस लड़की को 'गेंदे का फूल' कहकर यहां ही एक नज़्म लिखी थी। तो...मैंने दोनों फूल उस कमरे के पलंग पर रख दिए और दरवाज़े भेड़ दिए, पर उस रात एक अजीब घटना घटी..."

मैं सारे का सारा जैसे अपनी ही आंखों में समा गया था–और दोस्त के मुंह की तरफ़ देख रहा था। वह कहने लगा–"कोई आधी रात गए, मुझे उस कमरे में से किसी के पैरों की आहट आई, और फिर पैरों की आहट कमरे से निकलकर बाहर रसोई के उस थड़े तक आती हुई मालूम हुई, जहां पानी का घड़ा रखा हुआ था। फिर घड़े में से पानी लेने की आवाज़ भी आई और किसी के हाथ की कांच की चूड़ियों की खनक भी..."

"इम्पॉसिबल..." मेरे मुंह से निकल गया–पर मेरी आवाज़ जैसे कांप-सी रही थी।

मेरा दोस्त कहने लगा–"मैंने भी सवेरे उठकर यही सोचा था कि सब मेरी अपनी यादों का भ्रम है–पिछले बरस उस लड़की ने दोनों हाथों में हरे कांच की चूड़ियां पहने हुए थीं–और वह सब कुछ उस याद में से मुझें सुनाई दिया था, पर अगली रात भी यही हुआ, और उससे अगली रात भी..."

"फिर अगले बरस?"

"अगले बरस भी पच्चीस तारीख को उस लड़की का ख़त आया, वही मिन्नत

और वही गेंदे के दो फूल...और फिर उसी तरह तीनों रात वही आवाजें..."

अब मैं कुछ भी कहने के क़ाबिल नहीं रह गया था। कमरे में मैंने लकड़ियों की आग जलाई हुई थी–सिर्फ़ वही जल रही थी, मैं जैसे बुझ गया था...

दोस्त के मुंह की ओर देखा–आग की लपट से उस का मुंह तप रहा था।

जलती हुई लकड़ियों पर एक नई लकड़ी रखते हुए मेरा दोस्त कहने लगा, "पूरे तीन बरस इसी तरह होता रहा। उनके सचमुच के मेल को आंखों से देखने वाला भी जैसे मैं अकेला था, उन की रूहों के मेल को देखने वाला भी दुनिया में सिर्फ़ मैं था। इसलिए इस अजीब हक़ीक़त को सिर्फ़ अपने तक ही रखना चाहता था। तुम्हें इसीलिए लिखता था कि तुम इन दिनों न आओ..."

"पर आज फिर पच्चीस तारीख़ है..." इतना ही कहा, स्पष्ट था कि कहना चाहता था–'आज तुम वहां क्यों नहीं रहे? आज वहां गेंदे के फूल कौन रखेगा?'

वह आग की लपट की तरह हंसने लगा। कुछ देर मेरी ओर देखता रहा, फिर हंसते हुए कहने लगा, "पिछले साल की जुलाई की बात है, हमारे हस्पताल में हमारे साइकाट्रिस्ट के पास एक केस आया। उसने वह केस मुझसे डिसकस किया कि फ़लाने शहर से एक लड़की का अजीब केस उसके पास आया है, जो साल में तीन दिन बिल्कुल बेजान हो जाती है–और हमेशा हर साल...! मुझे लगा, ज़रूर उसी लड़की का केस होगा। मैंने उससे तारीख़ें पूछीं, तो वही तारीखें थीं–जनवरी की पच्चीस, छब्बीस और सत्ताइस। उसके माता-पिता सब डॉक्टरों से हारकर उसे यहां दिल्ली के हस्पताल में ले आए थे..."

"तुम उससे मिले नहीं?" बुझती हुई लकड़ी के धुएं की तरह मेरे अंदर एक हसरत सी जागी–'काश, मैं एक बार उस लड़की को देख सकता–क्या सच में कोई ऐसी लड़की हो सकती है...?'

मेरे दोस्त ने हां में सिर हिला दिया, फिर हंस पड़ा–"मिलना तो था ही, मिला। वही थी। वही हो सकती थी। मुझे देखकर रो पड़ी–उसे ज़बरदस्ती हस्पताल ले आए थे। ज़बरदस्ती राज़ी करना चाहते थे। ज़बरदस्ती उसका ब्याह करना चाहते थे..."

"फिर ?"

मैंने अपने डॉक्टर कुलीग से उससे बातें करने की इजाज़त ले ली थी। उससे रोज मिलता था।–एक दिन मैंने उससे कहा, 'तुम जो कहती हो, ठीक है, पूरे तीन दिन उसकी रूह तुम्हारे साथ होती है, तुम्हारी उसके साथ; लेकिन साल के बाक़ी तीन सौ बासठ दिन ? तुम उन तीन सौ बासठ दिनों के लिए ब्याह कर लो !' बड़ी दिल वाली लड़की तो वह थी ही, कहने लगी, 'अच्छा, फिर मेरे माता-पिता को समझा दो कि जो आदमी मेरे साथ साल के तीन सौ बासठ दिन के लिए ब्याह करना चाहे, मैं कर लूंगी।'–और उस दिन, उस घड़ी, मुझे सचमुच उससे प्यार हो गया..."

मेरे कांपते हुए से हाथ ने दोस्त के हाथ को छुआ–"तो अब वही...वही तुम्हारी बीवी... ?" बुझती हुई लकड़ियों पर रखी हुई नई लकड़ी की लपट की तरह मेरा दोस्त हंसने लगा–"वही मेरी बीवी है–सिर्फ़ जनवरी की पच्चीस, छब्बीस और सत्ताइस तारीख को छोड़कर !..."

दोस्त के आगे भी सिर झुक गया, पर लगा–इस समय मैं उस कमरे की दहलीज़ को सलाम कर रहा था–जिसके अंदर एक ख़ाली पलंग पर एक जवान लड़की गेंदे के फूल रख रही थी...

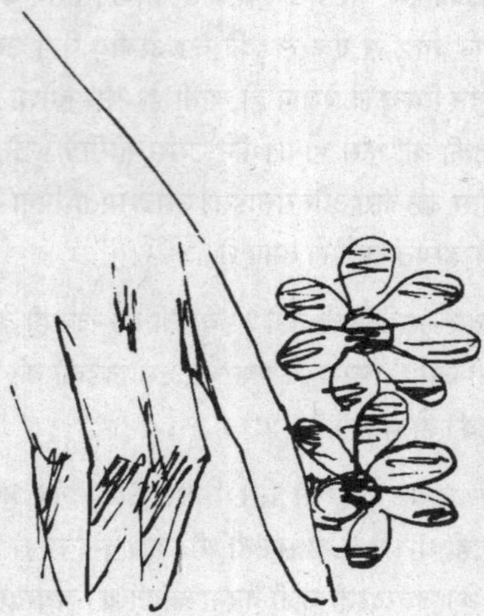

वह दूसरा

चंपा हर डाल पर फूला हुआ था, पर हर डाल कनू के सिर से ऊंची थी। एड़ियां उचकाकर भी उसका हाथ किसी भी टहनी के सिरे तक नहीं पहुंच रहा था...

कनू को याद आया, मां कहा करती है, 'कनू, तू भी उतने ही बरस की है, जितने बरस का यह पेड़ है।' और कनू सोचने लगी–फिर यह मुझ जितना क्यों नहीं है? मैं तो छोटी हूं, यह बड़ा कैसे हो गया?

घर की बाहरी दीवार पेड़ से नीचे थी। कनू को लगा, अगर वह दीवार पर चढ़ जाए, तो वहां से टहनी पकड़कर वह फूलों का कोई गुच्छा तोड़ सकती है, और वह दीवार पर चढ़ने के लिए पैरों के नीचे छोटे-छोटे पत्थर इकट्ठे करने लगी...

उसने गिट्टियों-जैसे पत्थरों का एक ढेर-सा लगा लिया, पर उन पर खड़े होकर भी कनू के हाथ मुश्किल से दीवार तक पहुंचे। दीवार पर उससे चढ़ा नहीं जा रहा था...

श्रीकृष्ण ने घर के बाहरी दरवाज़े से अंदर आते हुए जिस समय दाहिनी तरफ़ की दीवार से लगी हुई कनू को देखा, तो उस समय कनू दीवार को हाथ से पकड़े उस पर लटकी हुई-सी थी–उससे न ऊपर चढ़ा जा रहा था, न नीचे ही उतर पा रही थी। श्रीकृष्ण ने दौड़कर कनू को दीवार से उतार लिया, फिर बांहों में उठाकर ऊंचा उठाया, तो कनू ने एक डाल से फूलों का, एक गुच्छा तोड़ लिया।

गुच्छे की डंडी को कनू ने एक तसल्ली से मुट्ठी में ले लिया, और श्रीकृष्ण की बांहों में से उतरते हुए पूछने लगी, "अंकल! मामा कहती है यह चंपा भी मुझ जितना है, फिर मैं कैसे छोटी हूं?"

श्रीकृष्ण जानता था, कनू खुशी से दूध नहीं पीती, उसकी मां जब भी उसके लिए गिलास में दूध डालती है, कनू एक आंख-मिचौली-सी खेलना शुरू कर देती है–कभी दरवाज़े के पीछे छिप जाती है, कभी चारपाई के नीचे। इसलिए श्रीकृष्ण कहने लगा, "बच्चे आम का पेड़ होते हैं, धीरे-धीरे बड़े होते हैं, पर अगर वे दूध पिएं, तो बहुत जल्दी बड़े हो जाते हैं।"

"पर आम का पेड़ दूध पीता है?" कनू ने पूछा, तो श्रीकृष्ण ने उसका हाथ पकड़कर उसे कमरे की ओर लाते हुए कहा, "मैं तुम्हें एक तस्वीर दिखाऊंगा, एक आम के पेड़ की। वह जब दूध पीने लगा, तो बहुत जल्दी बड़ा हो गया..."

"आज मैं भी दूध पीऊंगी..." कनू श्रीकृष्ण से अपना हाथ छुड़ाकर कमरे की ओर इस तरह दौड़ी मानो आज उसे ज़िंदगी का एक रहस्य मालूम हो गया हो...

बैठक वाली मेज़ पर वह फूलदान अभी तक पड़ा हुआ था, जिसमें कनू की मां रोज़ ताज़े फूल लगाया करती थी, और जिस में उसने इधर छह महीने से एक भी फूल नहीं लगाया था। कनू जब मेज़ के पास खड़े होकर हाथ का गुच्छा फूलदान में रखने लगी, तो उसने देखा–उसकी पूरी हथेली पर सफ़ेद-सफ़ेद पानी-सा लगा हुआ था और गुच्छे की डंडी में से अभी भी पानी रिस रहा था...

"मामा! फूल रोता है..." कनू ने हाथ में लिया हुआ फूल का गुच्छा वहीं मेज़ पर रख दिया और अपनी मां की तरफ़ देखने लगी, जो एक कुर्सी पर बैठी हुई थी।

मां ने एक बार कनू की ओर देखा, एक बार फूलों के गुच्छे की ओर, फिर एक पीड़ा से आंखें मूंद-सी लीं...

श्रीकृष्ण कनू के पीछे-पीछे आ रहा था। उसके पैरों की आहट-सी सुनाई दी, तो कनू की मां ने भरी हुई आंखें खोली। कुर्सी से थोड़ी-सी उठी, और दूसरी कुर्सी

की ओर संकेत करते हुए, श्रीकृष्ण से बैठने को कहते हुए, फिर निढाल-सी अपनी कुर्सी में धंस गई। फिर धीरे से बोली, "एक तो ईश्वर की मार और दूसरे यह इन बच्चों की बातें...यह फूल तोड़कर ले आई है, तो कह रही है–मामा! फूल रोता है..."

मां की आवाज़ भर आई, पर श्रीकृष्ण ने छह महीने से घर के अंदर-बाहर फैलते सोग को आज हौसले से थाम लिया। बोला, "कनू! मामा को वह बात नहीं बाताओगी?"

"कौन-सी?" एक बार कनु ने कहा, पर खुद ही याद करके कहने लगी, "मामा! अंकल कहते हैं बच्चे आम के पेड़ होते हैं। अगर वे दूध पिएं, तो बहुत जल्दी बड़े हो जाते हैं...मैं भी दूध पीऊंगी..."

मां के होंठ थोड़े-से खिले और उसने कनू को देखते हुए श्रीकृष्ण की ओर इस तरह देखा मानो उसका एहसान उसने अपनी आंखों में भर लिया हो।

"मैं तुम्हारे लिए दूध ले लाऊं?" मां ने अपने अंगों में कुछ हिम्मत-सी भरते हुए और कुर्सी से उठते हुए कनू से पूछा।

"हां, और फूलों के लिए पानी भी..." कनू कह रही थी, तभी श्रीकृष्ण ने कहा, "चलो, कनू, पानी हम ख़ुद ले आते हैं। हम फूलदान भी अभी धो डालेंगे..."

मां जाते-जाते दहलीज़ में रुक-सी गई, और उसने एक बार पीछे दीवार पर लगी हुई कनू के पिता की तस्वीर की ओर देखा, अपनी ज़िंदगी के टूटे हुए पेड़ की ओर, और फिर कनू की ओर देखने लगी, मानो डाल पर से टूटे हुए फूल को देख रही हो...

कनू ने मेज़ पर से फूलों का गुच्छा उठा लिया, और श्रीकृष्ण ने वह फूलदान, जिसके साथ पिछले छह महीनों से फूलों की तक़दीर रूठी हुई थी।... और जब रसोई की दीवार से लगे हुए बाहर के नलके पर श्रीकृष्ण फूलदान को धोकर उसमें फूल लगा रहा था, अंदर रसोई में कनू के लिए दूध गर्म करते हुए उसकी मां को लगा–मानो श्रीकृष्ण सचमुच वह मेहरबान पानी है, जिसके आने से डाल से टूटा हुआ

फूल भी घड़ी-दो-घड़ी हंस सकता है...

कनू के लिए दूध गर्म करते हुए वह श्रीकृष्ण के लिए चाय तैयार करने लगी, और पानी की तरह उसके भीतर भी उबाल आने लगा–'मौत का दुःख कोई एक दिन बंटा लेता है, कोई दस दिन–पर उन दस दिनों के बाद कौन पूछता है!...यह श्रीकृष्ण कुछ भी नहीं लगता, सिर्फ मरने वाले का दोस्त...यह ही अब तक खोज-ख़बर लेता रहा है...' और तभी उबलते हुए पानी में से उचटकर पड़ी हुई बूंद के समान ख़्याल आया, 'लेकिन कब तक...'

वह दूध का गिलास और चाय के दो प्याले लेकर जब कमरे में आई, कमरे की हवा में एक हल्की-सी खुशबू थी–मानो बीते हुए दिनों की खुशबू हो, उन दिनों की जब कनू का पिता जीवित था। आज पहला दिन था, जब कनू ने जल्दी से दूध का गिलास पी लिया और कहने लगी, "मां, मां! आप मेरे साथ कभी ताश नहीं खेलतीं ...पापा खन्ना करते थे...आज अंकल कह रहे हैं, वह मेरे साथ ताश खेलेंगे..."

मां छह महीने से खाना-पीना भूली हुई थी, पर आज हाथ में लिए हुए चाय के प्याले की पहली घूंट उसने इस तरह भरी मानो उसे एक गर्म घूंट की सख़्त तलब हो...

कनू सिर्फ़ एक खेल जानती थी–तीन पत्ती, जो वह अपने पापा से खेला करती थी, पर कनू के खेल में कनू का जीतना ज़रूरी होता था, और पापा का हारना। कनू की समझ में ताश का खेल सिर्फ़ उसी को जिताने के लिए बना था। वह जब हाथ में ताश के पत्ते लेकर पापा के पीछे-पीछे दौड़ते हुए पापा से ताश खेलने के लिए कहा करती थी, तो पापा आगे-आगे दौड़ते हुए कहा करते थे, "ना भई, मैं नहीं खेलता, मैं हार जाऊंगा..." और अंत में कनू पापा को ताश खेलने के लिए मना कर ऐसी खुश हो जाती थी, मानो उसने पापा को हार जाने के लिए मना लिया हो...

आज कनू जब श्रीकृष्ण अंकल से ताश खेलने लगी, तो पहले दो-एक बार अपने पत्ते छोटे और श्रीकृष्ण अंकल के पत्ते बड़े देखकर इतना हैरान हुई, मानो आज उसने कोई अजीब बात देखी हो...और उसका नन्हा-सा मुंह गुस्से के कारण रूआंसा हो गया...पर श्रीकृष्ण ने बात समझ ली, और फिर पत्ते बांटने लगा–इक्के,

बादशाह और बेगमें कनू की तरफ़ बांटने लगा, और छोटे पत्ते अपनी तरफ़...

कनू का खोया हुआ विश्वास लौट आया और वह एक पल में ही वही पुराने दिनों की कनू हो गई। पास बैठी हुई मां ने भी जैसे यह कनू आज छह महीनों के बाद देखी हो...उसके अंतर में एक अचंभे का सुख-सा अनुभव हुआ–"श्रीकृष्ण को तो मालूम नहीं था कि कनू के पापा सदा बड़े पत्ते कनू को दिया करते थे, फिर उसने यह बात कैसे जान ली... ?"

"अंकल हार गए..." कनू हर बार अपने पत्ते दिखाते हुए जब ज़ोर से हंसने लगी, तो छह महीनों से उदास खड़ी हुई घर की दीवारें भी कुछ मुस्करा पड़ीं...

अगले दिनों में कनू ने श्रीकृष्ण अंकल के साथ जाकर कभी सर्कस देखा, कभी आइसक्रीम खाई, कभी नया जूता ख़रीदा, और फिर जब मां उसे स्कूल में दाख़िल करवाने के लिए लेकर चली, तो कनू ने ज़िद पकड़ ली कि वह श्रीकृष्ण अंकल के साथ स्कूल जाएगी...

और फिर एक दुर्घटना हो गई–घर से थोड़ी दूर पर एक सरकारी बाग़ था, जहां पड़ोसियों की लड़की के साथ कनू खेलने गई। वहां बाग के कोने वाली बुर्जी पर चढ़ते समय वह उसकी सीढ़ियों पर से गिर पड़ी और उसकी एक टांग की हड्डी चटख़ गई। यह एक छोटा-सा शहर था, जहां जल्दी से सिर्फ़ हकीम को बुलाया जा सकता था। वह जब अपने अंदाज़ से हड्डी चढ़ा रहा था, तब उसकी सहायता के लिए केवल श्रीकृष्ण था, जिसने चीख़ें मारती हुई कनू की टांग को पकड़ रखा था। कनू चीख़ती रही, "अंकल, मेरी टांग छोड़ दीजिए," पर जब उसके कहने के विपरीत श्रीकृष्ण ने उसकी टांग नहीं छोड़ी, तो कनू ने जितनी भी गालियां सुनी हुई थीं, वे सब दे दी...वह पीड़ा से, और गुस्से के कारण, रोती रही, और गालियां देती रही...

पर हड्डी बैठ गई, पट्टी बंध गई, और फिर जब कनू सोकर उठी, तो उसकी टांग में पीड़ा नहीं थी। यह एक ऐसे दिन की घटना थी, जो कनू को न जाने क्या दे गई। दूसरे दिन श्रीकृष्ण की गोद में बैठकर धीमे स्वर में उसने पूछा, "अंकल! अब आप मेरे पापा हैं न ?"

श्रीकृष्ण ने धीरे से कनू का माथा चूम लिया–उसे लगा, जो बात वह स्वयं नहीं कह पा रहा था, वह कनू ने कह दी थी...और फिर मानो इस बात का जवाब देने के लिए उसने कनू की मां से हिम्मत मांगी–एक नज़र भरकर उसकी ओर देखा...

मां कनू के प्रश्न से शायद बहुत सकुचा गई थी, जल्दी से कनू से कहने लगी, "यह अंकल हैं, बेटा...तुम्हारे पापा तो वह थे..." और उसने कनू को दीवार पर लगी हुई तस्वीर की ओर देखने का संकेत किया...

कनू ने उधर भी देखा, और फिर श्रीकृष्ण के कंधे से लगकर बोली, "यह भी पापा हैं..."

और श्रीकृष्ण ने बच्ची को कसकर अपने गले से लगा लिया...

फिर पता लगा कि जंग में काम आए हुए अफ़सरों की विधवाओं को सरकार सहायता दे रही है–जमीनें भी, और ज़मीनों पर मकान बनाने के लिए रुपया भी। कनू की मां को बड़े शहर जाकर कुछ फ़ार्म भरने थे, इसलिए गई, पर जब वापस आई, वह अकेली नहीं थी, उसके साथ कनू के पापा के रैंक का एक अफ़सर था, जो सरकारी लिखा-पढ़ी में उसकी सहायता करने के लिए उसके साथ आया था...

श्रीकृष्ण उसी प्रकार आता रहा, कनू से खेलता रहा, पर कुछ दिनों बाद एक दिन अचानक उसने कनू से कहा, "हम यहां नहीं, बाहर बाग़ में चलकर ताश खेलेंगे"...और बाग़ में जाकर वह उसी तरह पत्ते बांटता रहा, कनू जीतती रही और हंसती रही, पर श्रीकृष्ण शायद आज पहले की तरह उसकी हंसी में शामिल नहीं था। कनू अचानक ताश छोड़कर पूछने लगी, "अंकल! आप हंसते नहीं? आप हार जाते हैं न, इसलिए?"

श्रीकृष्ण को लगा, कनू के प्रश्न पर उसकी आंखें गीली हो आई थीं–शायद कुछ भीतर से रिसकर आंखों में आ गया था। उसने कनू को कसकर अपने गले से लगा लिया–उसके मुंह से निकला, "कनू बेटा! लगता है, हम दोनों ही हार गए हैं।"

ख़बर शहर के एक कोने से निकली–कचहरी से–और फिर फैल गई–कि कनू की मां ने उस अफ़सर से शादी कर ली है...

पर कचहरी ने जिस ख़बर की सूचना कई दिन बाद दी थी, श्रीकृष्ण के मन ने कई दिन पहले दे दी थी–अब कचहरी ने भी दे दी, तो श्रीकृष्ण ने अपना माथा अपनी आंखों के आगे झुका लिया...

केवल, कई दिन बाद, जब वह एक बार, गहरी संध्या पड़े, उस बाज़ार से गुज़र रहा था, जो कनू के घर के पास था, तो उसने कनू को अकेले उस बाज़ार में घूमते हुए देखा। उससे रहा नहीं गया–पास जाकर उसने कनू को उठा लिया, पूछा, "तुम इस वक़्त ठंड में यहां क्या कर रही हो?"

कनू के हाथ में एक रुपए का नोट था, वह उसे दिखाते हुए बोली, "वह जो पापा है न, उसने कहा था–तुम यह पैसा ले लो और बाहर जाकर खेलो...और बाज़ार में जाकर गोलियां ख़रीद लेना...।"

श्रीकृष्ण ने एक दूकान से चाकलेट खरीदकर कनू को दिया। फिर उसे उठाकर उसके घर के दरवाजे तक छोड़ गया, पर कनू को यह नहीं मालूम कि श्रीकृष्ण कितनी ही देर बाहर सड़क पर अंधेरे में खड़ा रहा...और कनू से कहता रहा, "मैं तुमसे कहा करता था न, कनू–हम दोनों ही हार गए हैं..."

फिर उसके बाद किसी की आवाज़ किसी तक नहीं पहुंची...

श्रीकृष्ण नहीं जानता कि कनू ने एक दिन बुख़ार के ज़ोर में एक ही बात की रट लगा दी थी–"पापा कहां हैं?" और मां ने जब इशारा कर के कहा था–"यह है तेरा पापा" तो कनू ने सिर फेर लिया था, और कहा था, "यह नहीं, वह दूसरा..."

●●●